令和の徒然草

精神分析家のmurmur

大澤秀行

論創社

まえがき

講座の前に社会事象をネタに五分間の前説をするのが恒例になっていて、そのネタを基に文章にしたのがこの徒然草を書く切っ掛けになった。

日頃分析によって使っている脳は科学と論理を数学的公式と集合やトポロジーにおいて一つの心の原因に辿り着く、ある種のパズルを解いているようなもので、情緒も感情も右脳が作動することはない。これでは唯の無味乾燥な言葉のＡＩの音声のように唯々、淡々とクライアントに伝えているだけのロボットになってしまう。故に、私は分析している時に、いつも一方で音楽を聴いている。

それはクライアントの言葉が一つのメロディーに聴こえて、そのコード進行を分析脳に渡し、解析し、言葉にしているのだ。勿論その時流れている音楽は、Ｊ・Ｓ・ＢＡＣＨである。何故なら、ＢＡＣＨの音楽は数学にして美しいメロディーなのである。工業製品でいわれる「機能を追求していくと、美に行き着く」と。それと全く同じことがいえる。法則が導き出した公式は、そのものが美しいのだ、Ａ・アインシュタインが言ったように「$E=mc^2$　何と美しい」と、自然な美を内包しているのである。

私は科学と数学とのバランスをとるために、いつも二つを併呑し、美しい人生を目指している。

その時の日々の想いを綴ってみたら、大先輩吉田兼好氏が居た。しかし彼とは一線も二線も画す。それは「第三十八段」『悪口を言われたら—言った人も—すぐ死んでいくから、気にしなくてもいい』の視点の全くの差異である。この死の普遍性を持って平等であり、意味を無にする防衛法は持たないからである。悪口を云ってきた人への恨みを死によって晴らすことは、理性ではなく、感情である。もっと左脳を使えば、科学と論理で乗り超えていく私とは袂を分かつのである。故に「令和の徒然草」とした。

目次

Chapter 2　社会　057

Chapter 3　自然　085

Chapter 1 人

一葉　縁

分析家になって、数年した処で終の棲家が欲しくなった。それは晩年分析で得た知を本に書くつもりで、その執筆する庵を作ろうと想ったのだ。

そして、その場所探しをした。

ところがイメージに合わず、思案し、探し続けて三年目に、遂にその土地に出逢った。探していた理想の恋人にめぐり会った心持ちだった。その土地はT県の某所である。イメージの第一番の条件は、小川のせせらぎが見えて、聴こえる地だった。そのイメージ通りの地に出逢った。

諦めずに求め続け、追い続けた結果、三年かかったが、遂にその地に辿り着いた。そしてそこに二〇〇〇年七月、執筆小屋を建てた。その家を『詩涌碑庵』と名付けた。無論「しにふぃあん」と読むが、J・ラカンのシニフィアンに当てたものだ。

こうして二〇二〇年までに三冊の本を出した。すべては、イメージと私の想いが現象化へと導いてくれた。これを仏教では「縁」という。敢えてメタ言語を使わず、仏教用語にしたのか。

それを明らかにしていく道すがら、私は徒然なるままに、この詩涌碑庵で、心の奥深くから涌き上がってくる文字一つ一つを映し取り、言の葉を一枚一枚を掬い上げて、一つのタペストリーを織り成そうと想った。

デッキに座り、目を閉じて木々のざわめき、鳥の鳴き声、小川のせせらぎ、風のささやきがハーモニーとなって、私の耳をくすぐる。自然が運んで来る生命の息吹を頬に、鼻孔に吸い込んで、私の生命は甦る。

自然と対話しながら、心は記憶は我が裡なる声に耳を傾け、対話する。聴こえて来る。幼い頃の、あるがままに受け止めていた感性が蘇って来る。知覚の一つ一つが目覚めていく鮮やかさが、眼前に広がっていく。木洩れ陽の隙間から子供時代の鮮烈な映像がこぼれてくる。その絵を一枚一枚拾い集める。

そこには、どれもこれも私が生きていると喜びの印が刻まれている。

生きているとは、今と過去が緑に触れてもう一つ別な生命を産み出しながら、二つの生命を融合していく営みなのだ。

二葉　幸せの基準

人はふと昔を振り返ることがある。

そのきっかけが過去の映像の一部と重なったり、風が何かの香りを運んできた時とか、木々のざわめきだったり、眩しい海の波が白く光った時などに、ふと過去の何でもないシーンが浮かび、どう仕様もないほどの懐かしさと郷愁に駆られる。

私が徒然草を書こうと思ったきっかけも、そんな些細な郷愁からだった。

ラジオからかぐや姫の『神田川』のセンチメンタルなヴァイオリンのイントロが流れて来たのを耳にした時、一瞬にして私の記憶は蘇った。

京都花園に単身、大志を抱いて孤独に生きていた青春の出発の地のアパートと、近くに吉田兼好が『徒然草』を執筆した居の跡を憶(おも)い出した。今からもう数十年前の事である。

あの頃は家賃一万円、共同トイレ、風呂なし、六畳一間に一畳のタイルの流し台。貧しさの極致だった。しかし、今想い起こせば、清貧とは言わないが、ある意味最も充実して生きていた時代でもあった。豊かさが必ずしも幸せの必要条件ではなく、生きている実感の強さが幸せの条件だと、今思う。

あの頃、貧しく、惨めで、弱く情けない、何の取柄もなかった私だが、確かに私は生きていた。

そう思えたのは、青春の深い苦悩の中にどっぷりと浸かって、センチメンタルでメランコリックな『若きウェルテルの悩み』に同一化していたからである。生きていると実感しながら日々を、顔を顰めて世間に対峙していた。そして、私とは何者か、私のアイデンティティーは何かを毎日問いかけながら、哲学しながら日々を過ごしていた。

そして見えてくる未来と自己像は、暗澹(あんたん)たるものだった。自殺を考えない日はないくらい、暗い陰鬱な日々を送っていた。

しかし、その頃の生活を憶い出すと、唯々懐かしく、確かにあの時生きていたと思える。それから四十年余り経ち、人並みの生活を不自由なく快適に過ごし、少しの贅沢と趣味のオーディオと車と共に生きている今の方が、世間一般の言う幸福を生きている事になろう。確かに日々穏やかに平安な心持ちでいるが、それが、充実した日々かと言われたら、即座に「はい」とは言えないのである。

それはどうしてなのか、と自問するが、答えは出て来ない。自分を虚心坦懐に見つめてみれば、そこにはファナティックに求める熱い対象がないからだと気付く。

青春の最も輝かしい稀有(けう)な時の中核にあるものは、まだ見ぬ憧れの、我が理想の女性に逢いたいという煮え滾(たぎ)る想いこそ真に生きている証なのだ。

三葉

同行二人

桜から菜の花、そして紫陽花へと、ピンク・黄色・青・紫・ピンクへと、色が移り渡り、紫陽花は春の季節の色をすべて含み、梅雨の水滴を真珠のネックレスのように葉にまとい、キラッと輝いて揺れる。

一瞬のその呟きに、ハッと視線を送り、穏やかで清楚な佇まいに、女性のしとやかさをみる。

そんな六月は、心静かであると共に、梅雨時の多湿な重い空気に、心も重くなりがちである。

日本は四季が四枚の屏風のように折節が明確にある。潤いと情感の国だと、カリフォルニアの青い空と対比させては、いつもそう想う。どちらがいい悪いでも、好き嫌いでもなく、唯日本は、水と緑の楽園なのだ。

温暖化が進み、より高温多湿な亜熱帯のように日本もなってしまったが、それでもまだ季節は巡る。一花、一葉、一雨、一雪、を味わっておきたい、四季があるように。

人生にも折節がある。入学、卒業、入社、結婚、出産等々。節目節目に人は何かを決意する。

特に子供から大人へのシフトを儀式化した成人式に、何か心に想うことはないだろうか。

私は成人式のその日、信仰心も何もない時だったが、何故か仏壇の前に独り座し、位牌がいくつか並ぶそこに向かって、心の中で呟いていた。

「僕は人間について考えていく」と。自分の事だが、今振り返ってもあの日の決意？　宣誓？　覚悟？　判らないが、はっきりそう心の中で言った事を鮮明に憶えている。

それが私の生きる意味だとした事は確かである。

その後私は大学に行きながら、学校の勉強はせず、ひたすら図書館にこもって哲学書を読み漁った。その結果、大学は中退になった。

その後の人生は、唯々人間とは何か、生きるとは何か、生まれて来た訳を問い続ける日々になった。そして今は、その問いの答えを得た。

それは空海のいう「同行二人」である。

四葉　私淑

出張もなくなり、剰えコロナウイルスの為に移動制限により、電車に乗ることもなくなった。

高校時代から、思えば高崎線は我が書斎だった。通学の車中で本を読み、思索し、思い巡らし、哲学していた。特に青春の命題である「愛と死について」、そして「絶望は死に至る病」とか、「存在と無」、「意志と表象としての世界」等々、独り、車窓を流れる景色をボンヤリ眺めながら、止め処なく拙い論理を展開していた。

そして思索に行き詰まった精神は、小説へと流れていき、そこで三島由紀夫と出会った。

それは単なる偶然で、知人から「この本おもしろいよ」と言って手渡されたのが『潮騒』だった。その小説のどこに心惹かれたのか、今となっては定かではないが、青春の淡い恋とか、冒険譚、ギリシャの青い空と白い家、アルカイックと言った風情が、何の取柄の無い自分にとって仄かな色合いと、甘いエモーションを掻き立てたのかもしれない。

平凡で退屈な車中が、三島氏の描く文字の舞踏会に酔いしれるファナティックな場に、魔法のように変貌したのである。

「歌島は人口千四百、周囲一里に充たない小島である。」の冒頭書き出しと、最後の一行「彼はあの冒険を切り抜けたのが自分の力であることを知っていた。」だけは何故か印象に残った。

その頃の私は、自力も他力もなく、全くの無力感の中に居た。最後の一行は強く、私の心を打ったに違いない。以来、私は三島氏の小説他、あらゆる著作物を読み漁った。それは、『豊饒の海』を読破するまで続いた。

三島氏が私に教えてくれたのは、漢字である。それは、「辞書を愛読書にしなさい」という氏の言葉からである。私は三島氏に私淑したことで、救われ、勇気づけられ、今がある。

読み終えた日付をみると、一九七五年四月四日だった、それは、『潮騒』擱筆の日付けと同じだった。

五葉  城跡を吹き抜ける風

ロアール川の古城巡りをしたのは、二十一才の時だった。川沿いの城を巡るツアーで、中でも最も美しい城は、十六世紀の一五一五年建造のシュノンソーの佇まいは、数十年を経た今尚、記憶に留まっている。中世にタイムスリップしたのは勿論、我が心の故郷だと思った。

あの時の池と風のそよぎが、肌を横切ることがある。森と湖に囲まれてはいなかったが、あれも古風な静寂を保ち、時空を超えた永遠の一つの姿である。

日本にも数多くの名城がある。中でも城は無いが萩の指月城跡は、感慨深く脳裡に焼きついている。それは、初めて車で独り旅をした折、山陰の萩市を訪れた時に観た風景である。車で東海道、山陽、山陰を巡り、京都に入り、東海道を東京に戻るコースだった。

何の目的もなく、唯々車で見知らぬ地を訪れる、唯それだけの事。学生時代のイベントである。

目的なき旅も、萩に入り、吉田松陰のつくった松下村塾前の空き地に車を止め、車中泊した。特別吉田松陰に心酔していた訳でもなく、唯何となく、神社の境内で、泊まるのに安全というだけのことだった。

朝を迎え、境内を散歩し、木立と石畳の上を歩いていると、両親の間で小走りに

歩く五歳位の男の子の両手がしっかりと両親につながれている後姿が、早朝爽やかな十一月の冷気と伴に、鮮やかに、目に映った。

家族だ、日本の平凡な家族の断片を見た気がした。その頃、私は家を出る決意をしていた。漸くの親からの自立を果たそうとしていた。実家を捨てる。もう私には、帰る家はない、と決めた。

私は城を失った城主だったのかもしれない。

その心の印象が、城のない、城跡だけの指月城を印象深くしたのかもしれない。

日本海に突き出た、城壁の石組みが、力強く、頼もしく見えた。

そして、一言心の中で呟いた。

「これから、私を生きる」と。

六葉　引っ越し

開け放たれた窓から、爽やかな初夏の潮風が吹き、入ってくる。

二十七歳、鎌倉に移り住んだアパートの休日の朝のことである。京都から移り住んで間もない頃の、新転地(しんてんち)で感じた新鮮な気分と匂いだった。これから、ここで新しい人生の始まりだ！　と意気込んでいた、青春時代の精華であり、悔恨の地でもある。一抹のリグレットを持ちつつも、必死に前を見ようとしていた。

京都から鎌倉へ、特別都を追われた武士の敗北感と再興の野心もなく、唯、海の近くに住みたかっただけで、鎌倉にした。

生まれ変わる代りに、住み替えるという、ＣＭのキャッチコピーがあったが、事実その通りで、人生の転機に、私は良く引っ越しをする。或る作家が一年かそこらの僅かの間に、三十数回引っ越したという話があるが、それは尋常とは言えない。しかし、狂気の沙汰とも言えない。それだけ自分の居場所を探していた、情熱の証であるから。

それにしても、その作家は住むことに、何を求めていたのか、関心はある。きっと環境や住み心地ではなく、原稿に向かって机に向かい、ペンを走らせた時の、そのペンの運びがスムーズでなかった異和感(いわかん)である。

勝手な推量で、真偽のほどは定かでないのは勿論だが、原稿をＰＣでなく、ペンで書く私には判る。書くテーマに相応しい風と光、匂いと音が、それ成りに在るのだ。それは何かは言語化できないが、脳が知っている、求める空気がある。

その様に、仕事には、その仕事に相応しい環境がある。

木工職人や、農家、養蜂家、天文学者等々、それぞれの仕事が求める場所がある。物書きにも、ペンと紙だけあれば、どこでもいいといえばそうなのだが、そのテーマを書くとなると、事はそうはいかない。

川端康成氏が『伊豆の踊子』を伊豆・天城湯ヶ島温泉の旅館で執筆したように、作家は旅館やHOTELを好む。それは、個室性である。誰のじゃまもされず、独りになって集中できるからである。「孟母三遷の教え」があるように、孟子は母の知によって生まれたのである。

人は環境によって育つことは、自明の理といえる。子は母という環境の下、いか様な人間にも成るのである。人の最初の棲家は、母の子宮である。

作家が三十数回引っ越したのも、私が生まれ変わるために棲家を変えたのも、すべては、私の理想とする母を求めていたからなのだ。

七葉　世間体

車のウィンカーランプが切れて、修理に販売店に持ち込んだ。

そこは那須から二〇キロ弱の所に在るO市の田園の中にひっそりと真面目に誠実に仕事をしている会社だった。その社長との会話がやけに弾んでしまった。

それは、「この辺は、目立つことができない、世間体のうるさい所なのです」と言う。

それを聞いて私の育った村も昭和三十年代の頃はそうだった事を憶い出した。私の中で既に死語にはなったが、一度は登録された「世間体」の言葉が、今正に、在り在りと生きた言語として眼の前の社長の口から出ていることが、驚きで、何か新鮮だった。

常に親が口にしていた言葉がそれだった。

贅沢と派手に目立つことを戒められ、とも角「世間並みに、後指さされないように」が口癖だった。その余りに不快な因習に耐えられず、一日も早く家を出たかった。

高校入学の時にそのチャンスが訪れた。地元の高校へは行かず、「そうだ！　東京の高校へ行こう」と思いついた。そして池袋に在ったS高校に入った。親の世間体のために、勿論地元の県下有数の進学校であるK高を受け、何とか合格し、それをけって、敢えてS高に行くという形にした。

親はそれを納得し、晴れて毎日東京へ通えることになった。片道一時間三十分以上をかけ、弁当もって、地元の駅まで四キロは自転車で三年通った。

通学時間は全く苦にならなかった。あの赤羽から池袋までの僅か十数分の殺人的混雑の電車も耐え、駅から一分の学校に、いつも駆け足で飛び込んでいた。

実は、その通学の背景には、東京への幼い頃からの憧れがあった。夏休みの唯一の楽しみ、池袋に在るデパートに行くことだった。唯あの都会の空気を吸うことだけが、何故か子供心を喜ばせた。それは全く田舎と異次元だったから、田舎の世間体からの解放があったのかもしれない。

社長は大の車好き。自動車販売しているから当り前と思ったら、そうではなく、「私は新し物好きで、新車を毎年乗り換えるのが、半ば趣味」と言った。「世間体の喧騒の田舎で許されるのは、新車を乗りつぐことだけで、一年三百六十五日休みなく働いた」と言う。それが最近ゴルフにはまったらしい。毎週コースに出て、バネ指になるほど練習してる。凝り性の社長が、対象をゴルフに変えただけのことだった。

とまれ、生きている世界・環境を変えることは、人間に必須なことなのだ。決して一様では生きていけないのが、人の一生なのだ。

八葉　人間の証明

朝刊の、三島由紀夫の幻の写真集が米国で出版されるという記事が、目に飛び込んで来た。十一月二十五日が近づくと、三島氏の事を憶(おも)い出さない事はない。その写真集の一枚が紹介されていた。それはデスマスクだった。天を向いた頭部を下から撮ったものだ。

私はあの事件の特集をしたサンデー毎日の号を持っている。それは友人から、「君は三島ファンだから、僕が持っているより、相応しいだろう」と言って譲り受けたものだ。市ヶ谷の総監室の床に転がった生首写真がのっている。

二度とその覚悟の自決の三島氏の魂をみることは、今までないが、自決してまで訴えた氏の魂の叫びを語ることは、私には出来ない。唯その激烈な行動を辿ることしか出来ない。

私は市ヶ谷のその場所に取材を申し入れて、死後九年の後に、私はその総監室の戸の前に立った。その時は入室禁止で閉鎖されていた。氏と同じ場に立つことは叶わなかったが、氏の魂の閃光の一筋には、触れた様な気がした。

その後私は、介錯に使われた刀の所有者であり、三島氏に寄贈されたT堂の社長に会った。何かのお礼に差し上げたものと言っていた。何刀かある中から、氏は刃のこぼれがあった、白虎隊が使った刀を選んだという。「三島さんらしい」と社長さんは言っていた。

三島氏は、白虎隊の少年の魂を握った。その時の氏の情動はエクスタシーのさ中に居たであろうことは、想像に難くない。この時から、市ヶ谷に一直線に向かっていたのであろう。

魂が次の魂へと受け継がれていく様を、そこに見た。私はとても氏の魂の後継者にはなれないが、先人の想いを引き継いで、次の世代に渡せる橋渡しが出来たら、どんなに幸せだろうと思う。独り善がりの想いだが、J・ラカンは、自分のことを『フロイディアン』と言ったが、私は自らを勝手に『ラカニアン（ラカン信奉者）』と言いたい。誰もそれを認めずとも、私は独り『ラカニアン』と言って憚らない。それは私の自負であり矜持である。

人として生まれ、一つでもいい、誰憚ることなく、臆面もなく、そう言えることが、私は嬉しい。唯々、心から嬉しさがこみ上げてくる。S・フロイト、ラカンの魂は三島氏のそれと比較したり、分析して語るものではないが、人間が、この世で生を営み、それぞれの道で極めた境知(きょうち)は、人間の証明そのものである。私も自らの『生』の、人生を確かに生きた証しを、この地球に、三島氏の言葉を借りるなら、爪跡を残したい。

九葉　深夜の初詣

紅白歌合戦が終り、除夜の鐘が鳴り出した頃、家族は家を出て、神社に向かう。氏神様に新年の挨拶をしに、所謂初詣に行く。手づくりの米の団子を持ち、神殿にそれをお供えするのだ。

その白い半紙に包まれた掌大の包みが、いくつあるのか必ず数え、既にそれがあれば、一番のりできなかったことが判り、来年こそ一番にお参りしようと、両親は言っていたが、遂に一度もそれを成し遂げた事はなかった。

そのことが、何のご利益につながるのか語ることもなく、それに拘っている風もなかった。意味のない団子の憶(おも)い出であるが、妙に記憶に在る。

お参りが済むと、次に元お寺の跡地に残った石の仏像を参り、そして、屋敷内にある小さな祠に団子を置いて、初詣参りは終る。大晦日から新年にかけての深夜の徜徉(しょうよう)は年中行事で、唯一、深夜まで起きていることが許される、特別な日だった。

新年を迎える新たな気分よりも、深夜まで眠らずにいて、ＴＶを観ていられることが、大人になったような、妙な高揚感が子供心に新鮮だった。

そんな家族の年中行事も、小学校時代で終りを告げた。

中学以降、紅白歌合戦は観なくなり、独り自分の部屋で年を越した。母屋から離れた所に納屋兼居住の二階建ての離れは、誰にも邪魔されない、私だけの個の空間だった。その静寂は私の空想を何処までも拡げ、未知なものへの興味と、生とは、死とは、愛とは等々、思う存分思索し、哲学し、煩悶懊悩し、『若きウェルテルの悩み』を読み耽った。

私はその無限の想像空間の中心の詩人になり、哲学者になり、ヒーローになり、悲劇の主人公になり、恋をし、失恋し、野心を抱き、自分は天才ではないかと独り悦に入り、雄叫びを上げていた。どんな人間にもなれる万能感に酔い痴れていた。

そんな夢の様な時は長く続く訳がない。直ぐさま、高校受験の準備をしなければならなくなり、あれほど憧れていた深夜に起きていることが普通になり、深夜放送がいつしか、私の友になっていた。そして、唯の受験生になり、万能感も夢想もいつしか雲散霧消し、高校合格だけを目指す、現実主義者に成り下がっていた。甘美でロマネスクな心を失って久しいが、果して私はそれを取り戻せたのだろうか。

人生で一等大切なものを失ってしまったような気がする。

十葉  見えない糸

「一年の計は元旦にあり」というように、人生の計は覚悟に在る。人はいつどんな時に覚悟するのであろう。

日常生活を平凡に、健康に送り、すごしている限り、生きるのに特別な覚悟は要らない。

人生の転機にさしかかり、進路を変えなければならなくなった時や、生死の瀬戸際に立った時などの、限界地点に立った時、人は覚悟を強いられる。

今年一年、何を目標に生きていくかを思考する時、去年の継続でいいのか、それとも更なる躍進を目指して新たな挑戦をするのか、その計を立てるのが元旦であるように、人生の岐路に立った時、自らが選択した道を信じて、この道を行くと決める。それが覚悟である。

一九九二年九月、私はその覚悟をした。時に、四十一歳であった。既に二十九年前の事になる。

しかし、その時の事は、今でも鮮明に憶(おぼ)えている。たとえ餓死しても、この道を行くと決めたあの日の事を。

初心忘るべからずと言うが、今もその時の覚悟は持ち続けて、今日を生き、明日を想う。

二〇二一年元旦、私は覚悟を新たに、人生の船出をする。二十八年引きこもっていたが、漸く、会社を設立し、社会参入し社会人二年生になった。何と遅れてきた新社会人であることか。

世に出る事の背中を押してくれたのは、小布施で観た、北斎館での彼の生涯をまとめたＤＶＤのストーリーであった。

彼は画家を目指して江戸に出たが、絵が売れず、一時魚売りをするが、「俺はこんなことするために江戸に出て来たんじゃない、画家になるためだ。売れなければ餓死すればいい」という台詞が、私の勇気を後押しした。

それと改名癖から二十数回改号し、最後は「画狂老人」と名乗った彼に親近感を抱いた。それは、私も八回も名を変えたからだ。Ｓ・フロイトも仕事、家庭、ゲーム用と数個の名前があったらしい。

妙に私とつながり、人は、どこかで見えない糸でつながり、それに導かれて生きているのかもしれないと、勝手に北斎とフロイトと自分自身を見えない糸でつないでしまった。

この妄想に近い思い込みが、私を勇気づけた。その勇気を忘れてはいけないと、思い返す正月である。

十一葉　年の始め

「門松は冥土の旅の一里塚目出度（めでたく）もあり目出度もなし」と言われるように、確かにそれは一つの真実だが、人が生きていく上では、それは単なる事実である。

事実は自明の理のことで、改めて考えることなく、日常の反復のなかで、それと知られずに流れていく意識である。

そして、それは無意識になってしまう。故意に人はそれを忘れようとしているのかもしれない。常に生死を意識する緊迫の中を生きている訳ではない一市井の人である限り、どんよりと生きているものである。

ところが、一度でも死の危険に遭遇した人なら、生きていることの平凡さを奇跡と感じるだろう。私はそれを十九歳、大学一年の時に経験した。

大学へは車で通学していた。友人も車で通っていた。互いの車自慢をし、見せびらかし、試乗もし合っていた。

ある日友人のSが日産ブルーバードSSSに乗ってきた。当時、最新のスポーツカーで二ドアクーペだった。とも角速かった。

加速もコーナーリングもスポーツそのもので、早速友人三人が乗り、四人走行になった。大学は郊外の森の中にあり、道は広く整備され、その道に導かれるように、普段私が通っている通学路とは反対の方向に向かった。

Sはアクセルを思い切り踏み、どうだと言わんばかりの加速をし、右に大きくカーブする道を、気持ち良く走行した。カーブが終り、前方が開けた瞬間、目の前に木の橋が、それも車が一台やっとの幅しかない、相当長い真っ直ぐな木製の橋が見渡せ、その下は川だった。川面まで、二十〜三十メートルはあっただろう。

気がついた時は、渡って来たリヤカーを避けるために、左側の木の欄干に、車の右ヘッドライト部分が激突し、車が止まった。私は助手席に座っていた。

外に出ようとしたら、車が揺れた。左タイヤの下に地面はなく、虚空を揺れていた。右側に重心を移し、右ドアから慎重に外へ出た。

そして川面を見下ろした。その余りの深さに、ゾッと背筋が冷たくなった。Sのハンドルさばきが一センチでも左にズレていたら、私は間違いなく、川底に車が突き刺さり、大破し、この世になく、あの時点で人生に幕を下ろしていたことであろう。

とまれ、私は今尚生きている。いや、生かされていると言うべきかもしれない。又一年、生命を頂き、感謝し、決意を新たにする。

それが正月という年の始めの想いである。

十二葉　風を運ぶ

二〇二一年一月二日ＴＶをつけたら「絆」の文字が飛び込んできた。石碑に刻まれた文字だった。今年も行われた箱根駅伝の放送のワンショットである。襷をつないで走る駅伝を何十年も続けている。

いつも思うことだが、駅伝に限らずマラソンも、何故人は意味も目的もなく走るのだろうか。そして、それをＴＶ中継し、放送する意義も観戦する意味も、全く判らない。一日は実業団に始まり、二日は大学駅伝、そして、一年中、何処かで、学生や社会人が、そして一般市民マラソンと、日本中、人々が競って走る。

唯、カロリーを消耗しているだけで、何の目的も仕事も役割もなく、唯走ることに、無意味と無駄をみる。一人の個人として走る事には意義は無い。健康や体力づくり、ダイエット等々、その人なりに意味はあるだろうが。

しかし、競技としては何も無い。唯一つ言えるのは、その大いなる無意味と無駄にこそ意味がある。

それは、その行為は、社会製産的でも、人道的でも、政治的でも、文化的でもない、その唯人間・生物であるが故に走るという行為は、とても純粋にみえる。

何故なら、それは社会・文化の意味の汚染から切り離されているからである。そのレースの結果に順位がつけられ、価値と名誉をさずけても、走ることの無意味さは依然として残る。その無意味さが美しいのである。

だから人はその単純な走るという行為を、見続けてしまうのである。

無駄で無意味なことが出来なくなっている現代のホモサピエンスは、悲しいかな、意味の病に犯されている。成果主義という、癌に侵されている。あの純粋な無意味が、私達の意味の病を和らげ、癒してくれるのである。

走っている選手にいつも呼びかけている。「せめて手紙か何かもって届けるために走ってくれないか、飛脚のように」と叫んでいる。そして今年もＴＶのスイッチを入れたら、ＴＶのナレーションで「駅伝は、風を運んで走る」と言っていた。私の叫びに応えたかのような、キャッチコピーだった。思わず、それは見えないではないか、見えるものを運べ！　と叫んでいた。

何と虚しい叫びだろう。

私は静かに席を立って、散歩に出た。

十三葉 NEXT

映画は映画館に行かずに家で観る。

その為に、些か(いささ)なホームシアターをつくり、そこで、独りじっくり観る。観るのは決まっている。『ワイルド・スピード』、『トランスポーター』、『ボーン・アイデンティティー』、『CSI：マイアミ／CSI：ベガス／CSI：ニューヨーク』、『クリミナル・マインド』である。他、カーアクションものを観る。

華々しいカーアクションやアクションをみてるのではなく、いつも物語の最後に言う決め台詞の「俺たち家族だから」をきくのが好きだから、それをラストシーンで穏やかな仲間が集まって握手するのをみるのが好きだから、それらの作品をみる。

アクションの切れだけをみるのもあるが、それは体のシャープな動きもさる事ながら、彼らの判断力の速さと正確な動きをみせる肉体の切れである。それが爽快で小気味良く、頭がスッキリする。メントールのような涼しさがある。その最たるものは、ジェット・リーのアクションに尽きる。

体のシャープな動きは、畢竟マイケル・ジャクソンに尽きる。

それは、遺作になってしまった『THIS IS IT』で、その集大成のシャープな体のキレを披露している。所謂体幹がまっすぐに、天地に伸び、一ミリもブレることがない。完璧なまでの軸を持っているのが、全編に渡ってみることができる。

その彼の心の中にその軸、即ち精神科学でいえば、Φ（ファルス）がない。天は二物を与えずというが、全くその象徴的存在である、マイケルは。惜しい、唯々惜しい。

私にはあの体のキレはないが、知性にあのシャープさを理想としてて、いつも分析と対峙している。今より明日はもっとシャープにと思っている。その前進性が失せ始めた時に、私はこれらの映画やTVドラマをランダムに手にして観る。そして、今より明日は少しでも成長した自分になると心に刻む。

何も語らないのに、観衆に伝えたい事が観る人総ての人に伝わる作品を作り続けたチャップリンのインタビュー「あなたの最高傑作は？」に彼はこう答えた。

「NEXT ONE」と。

私の生きるを支えている言葉は「NEXT」である。

十四葉　青空

私にとって何が不可能なのか。それは真理を伝えること。私が知り得た真理を他者に伝えていくことの不可能を実感してしまった。何故伝わらないのか。それはどれほど委曲を尽くして語っても、それが全く理解されない。

そもそも人に思考する回路がないとさえ思ってしまうほど、論理が伝わらない。おそらく、その思考が出来る人を天才と呼んで、一部のほんの一握りの人にしか備わってない特別な能力として、人々は規定し、自ら考えることを放棄してしまったのだ。考えることは面倒臭いとして、何故か放棄した。

そして何も考えることなく日々漫然とすごし、唯死を待つだけの生きる屍になってしまった。だから、自ら生命を断つ必要もなく、唯生きて、いや生存して、死を待つばかりの存在になってしまった。

しかし、そんな人々の中でも少し考える人の一群がある。それは実業家と芸術家と社会運動家である。この一群の人々は行動し、ものを創り出し、それで社会と人々に貢献していると思い込み、剰えそれを使命とまで思い込んで、意気込んで生きている。

そんな彼らを社会は賛美し、もてはやし、祭り上げて賞賛し、表彰する。結局彼らは市民に奉仕させられているだけの、市井の人の幸福のための傀儡でしかない。

彼らはそれに全く気付いていない。それは、自分達は社会の成功者で市民より金持ちで、才能があり、権力もあり優者としての矜持を持った幸福な人であるから。彼らの大義は社会貢献と人々の幸福のために働いているのである。

結局そうして得た社会的名誉は、彼らが本当に求めていたものであろう。が、彼らはきっと不可能の文字に出会っている筈である。すべてを手にした様で、実は何も得ていないことに気付く。

それは人を愛し、好きになることが出来なかったこと。人は金と権力に群がり、その人を愛する訳ではない。愛によって近づき、信頼したのではない事に、世の成功者は知る。自分に何が欠けていたか、その時に気付く。

科学者だけは、全く別な不可能に出会う。それは人智を超えた知に出会うこと。人間の知では絶対に近づくことの出来ない何かに出会い、自らの無知を知り、そこで初めて「神の叡智」という概念を持つに至る。

科学者はこうして、絶望と不可能に向き合い、立ち尽くして、神の智を仰ぐのである。

その時目にするのは、青空である。

十五葉  言葉に出来ない

ある韓国ドラマで「王は、私の欲しいもの総てを持っている」という台詞があった。心理学では、他者を自己の理想にした内的対象イメージを「理想自我」と言う。それを言った男は、王を自己の理想自我にしたのである。その対象に対して抱く想いは羨望であり、それを現実界の対象としてみた時、その対象・王は、嫉妬の対象に変わる。その意味は、自らの欲望のすべてを自分に代わって他者がそれを担っている。

即ち私の欲望の主体の座に他者が座っていることを意味する。故に、その座から排除して、自らが座を奪い取ろうとする。それが嫉妬である。

すべてを他者が持っていると見えた時、人はそれを奪い返そうとする。それは攻撃的になり、他者を言語的にも身体的にも傷付ける恐れがある。その結末は、どちらかが倒され、悲劇に終わるものだ。

好むと好まざるとに関わらず、人間の欲望は、人を狂気へと追い込む。その代表的欲望は、金と権力と女性である。そのどれも人は手にしたいと思うのは人情で、人の世の哀しみもそこから生まれる。

ドラマも王故に、金も権力も妃も思いのままである。その王の座に就くことは、その三つながら手にして、欲望のまにまに生きられる幸福を夢想したから、王に嫉

妬したのである。

しかし、人間の理想的自己は、他者を通して見出すものであろうか。私が私の裡に潜む、理想の自己と対話して、創り出すものではないだろうか。そもそも今の自分のままでどうしていられないのだろうか。現状のまま、現在の環境の中で生きることを諒とできないのは何故なのだろう。

私はある時まで、人生シナリオを次々に更新して、その通り生き、実現してきた。そしてシナリオの最後は「本の出版」であった。それを成し遂げた時、ＮＥＸＴを失った。が今も生きている。それは新たなシナリオを書いたからではなく、シナリオが何処からともなく、私の手許に届いた、それに従っているだけである。すべてを持った他者も、自らが創り出した自我理想もなく、唯々与えられたシナリオに沿って一日一日を更新しながら生きている。

これまでは欲望の物質化だけを目指したシナリオであったが、今は文字が書かれていない白紙の台本に、自らが書くこともなく、文字が浮かび上がってくることもなく、時の流れに身を委ねることもなく、言葉に出来ない何かに寄り添って生きている。

十六葉　国境は無い

マスターズ・トーナメントで松山英樹氏が、全米オープンで笹生優花氏が男女共に優勝した。日本人は東洋の一角を占めている辺鄙な島国の小柄でひ弱な人間くらいにしか、世界の眼は見ていない。その証拠にあらゆるスポーツの中でも欧米が産み出したゴルフとＦ１においては全く相手にもされず、歯牙にもかけられない一民族でしかなかった。

それが世界を震撼させた一大エポック・メーキングを演出した日本人が現れた。それはインディ５００で優勝した佐藤琢磨氏である。時速三〇〇キロ以上のスピードで八〇〇キロを走り切る最も過酷な自動車レースに彼は純粋な日本人として世界を制覇したのである。それは唯の fluke ではなく、彼は二度目の優勝を成し遂げたのである。

Ｆ１もゴルフもヨーロッパの文化が生み出した実にヨーロッパ的ＤＮＡのスポーツなのである。その気質は戦と知性から生み出された強靭な精神と肉体に裏付けられたもので、それがつくり出したスポーツ文化は、東洋のＤＮＡと全く異にする。その東洋人が、ヨーロッパ文化に勝利したのである。文化は競争ではなく、勝ち敗けは全く関係のない異質なものであるが、事、自動車レースとゴルフ、それにサッカーだけは無理なのである、東洋人の肉体は。

しかし、今や世界は一つで、国境も民族もＤＮＡもその境界も差異もないことを、彼らの優勝が、それを証明した。最早、スポーツにも文化にも国境はない。

クラシックの演奏においても、この音楽のＤＮＡ、いわゆる素質が良く言われるが、例えば、ドイツ音楽はドイツ人とか、Ｐ・チャイコフスキーなどのロシア音楽はＥ・ムラヴィンスキーとか、Ｊ・シベリウスの音楽は北欧人とか言われるが、特にショパンコンクールなど、日本人が表現出来る筈ないなどと言われることも今は無くなった。こうして西洋と東洋の区切りも偏見もなくなった。

人間どこまでいっても人間で、国やＤＮＡ（遺伝子）や民族・文化で異なるものではなく、人間は一つなのだと彼らの快挙は伝えている。

国境を無くしたのは、経済連合であったが、実は最初に国境を取りはずしたのは、文化・芸術であり、その後スポーツであった。しかしそれよりも世界は一つ、国境はないと叫んだモノが居る。それはウイルスである。新型コロナウイルスの世界への蔓延は正にその証明である。

そしてもう一つ、精神の科学において、ラカン理論は「漢字」において、その真価を発揮する。科学に国境はない。あるのは、人間の無理解と無関心という国境である。

十七葉　讃美歌

深い森の木々の緑の中に佇む石造りの教会に入った。そこで結婚式が執り行われる。私はキリスト教徒ではないが、クリスチャンである友人から「お前のしていることは、キリストと同じだ」と云われて、聖書の中の一節と、私がセラピーでしていることの一致した章を、付箋をつけて送ってくれた。

一つに、「どうやってクライアントを選んでいるのか」という彼の質問に対して、「私が手を差し伸べてその手を摑んだ人を救っている」と答えたら、それと同じ場面を聖書の中に見つけて、教えてくれた。

人は限界に到るまで、人を頼らず、独りで何とかしようと頑張る。が、しかし、精根尽きた時、私から手を差し伸べる。本人には依頼する気力が失せてしまって、助けを求めることすら出来なくなっているのである。或いはその限界を気付けずに、呆然としている時に、私は手を差し伸べる。

しかし、それでもそれを拒否し、拒絶する人がほとんどである。その手を握るクライアントは極稀（ごくまれ）である。その時いつも想うことがある。それは、人は二種ある。「幸せになりたい人」と「不幸になりたい人」しか居ない。

藁にも縋（すが）る、と言うが、その藁が見えないのか、最初から縋ることを拒否しているのか、その藁を信じていないのか、自分には幸せはないと信じ切っているのか、いずれにしても、その手を払う。その後どんな状況になったのか知る術もないが、その消息はとまれ、その人はその人なりの道を選び歩んだのだから、納得のいく人生を歩んだことであろう。

人は、あれかこれかの人生の選択の時に、何を基準に選ぶのだろう。キリストは、愛と幸福を選べと説いた。しかし、愛の概念も幸福の概念もなければ、それを選択仕様もない。彼らは皆それを拒否したのでも、拒絶したのでもない。唯知らないから、それを選べなかったのである。

愛が何であるか、幸福というものが何であるか、全く知らないとすれば、そもそも、それを選びようがないのである。それを思うと、幸せになれる人と、そうなれない人は、最初から決まっているように思う。

神父の声が石の教会の中を響き渡り、ステンドグラスを通した柔らかく優しい陽の光が広がり、パイプオルガンの壮麗な音が満ちて、讃美歌の合唱がそれに重なった時、教会の中は荘厳にして、厳粛な心持ちになり、思わず背筋が伸びる。

神が求めるものが、愛であり、平和であり、そして人々の幸せであることは、何の造作もなく心に浸み込んでくる。そして神の声が聴こえてくる、讃美歌にのって「人は幸せになるために、生を与えられた」と。

十八葉　草刈

夏の大仕事は草刈と苔落としである。前者は草刈機で行い、後者は高圧洗浄機でする。草刈機はエンジン付きので行う。大した重さではないが、何せそれなりに広く、一〇〇坪以上になる。

夏の猛暑の下での作業は、過酷である。太陽の下で汗水流してする仕事ではなく、肉体労働と呼べるものからほど遠い所での仕事故、炎天下作業している建築作業員や道路工事の人達を見ると、唯々敬意を表すもので、いつも頭を垂れ、そこを過ぎ去る。

そんなことで、もう既に草刈を自らがしなくなって久しい。今は外注し、刈ってもらっている。その方は、私より可成り歳上の八十の齢だと推察する。

そんな方に依頼するのも心苦しいが、「私は草刈が好きなので、苦はないです」という言葉に救われ、いつもお願いしている。小遣い稼ぎを兼ねた趣味ということで、心安らかに依頼している。今年もお願いし、キレイな庭にして貰えた。

が、高圧洗浄は、外壁と玄関アプローチのレンガにこびりついた苔を剝がす作業は、自らの手で行っている。年に二度ほどしないと、苔は森の中の湿度の高さによってこびりついてしまう。これだけは通販で買った洗浄機を使って行う。これはさほどの作業量でもないので、一時間ほどで、壁一周は終わる。

問題はレンガのアプローチである。未だ、中途で止まっている。一度作業意欲を失うともう手がつけられない。見ても意欲が湧かない。それに気合も入らない。その時つくづく思う。人のヤル気は自らが湧き上がってくる意欲をつかまえるのではなく、無理矢理、義務と「ねばならぬ」で自分を急き立て、追い込むことで捻り出して、それを遮二無二摑み取ることでしか、行動化出来ないのである。

クライアントはよく口にする、面倒臭い、ヤル気が起きないと。全くその通りだ。好きでもない事をするぐらい、面倒臭く、億劫なことはない。したくないのにしなければならない事と、したいのに出来ない事で構成されているこの世では仕方のない事だが、余りに、この世は面倒臭い事が多い。

終い(しま)に、生きているのが面倒になる。それは至極納得のできることだ。が、しかし、人はそれでも生きねばならぬ。ここでも自分を支えているのは、「ねばならぬ」である。

十九葉　初物

嘗て正月といえば、おせちに初詣、凧揚げにかるた取りといった風景があった。着物姿も街や神社などで見かける風情に日常が一変し、正月らしさを醸し出していたものだ。ところが今はどうだろう。相変わらずなのは初詣の神社の人混みだけで他にあるのは、正月には全く文化的に関係のない、実業団と学生の駅伝ぐらいなものである。

何とも日本的としかいいようのない、正月の風景は何処へ行ってしまったのだろう。子供の頃の「紅白歌合戦」のＴＶを観て、除夜の鐘を聞き、神社へ初詣に向かう風習は無くなり、いつもの日常の一日の区切りであり、新年を迎えられたという新たな心に切り替えるスイッチにならなくなった大晦日から元旦の移り変わりのない、変哲のない時の流れに堕落してしまった。

この区切りの無さが、自らの進歩と前進性を損なっている。一年毎に区切ることで又新しく生まれ変わって新しい年に臨む事は人間の進歩にとって不可欠である。それは「初」めての心を産み出す。

諺に「初心忘るべからず」とあるように「初」の文字がもたらす無垢な心こそ、人間の再生に不可欠なのである。だから「初物」とか「初物食い」があるのである。初物を食えば、七十五日生き延びると言われる「初物七十五日」という言葉がある。そこから思考を展開して女性の初を食べる漁色家にも使われる。

人間は食べ物ではないのに、何故寿命に関係する考え方なのか。その根拠は全く医学的に根拠も証拠もないが、人間が抱くイメージの連想から、そう想い込んだのであろう。若い人の精気を吸うとか、生命力の象徴は若さに求められる。

何物も旬が美味しいように、初物には生命が濃密に宿っていると想像するのは、至極当然の事かもしれない。そのイメージは王室や王宮その他の王族の世界ではハーレムとして若い女性が必ずそこには居る。それも一人二人ではなく正妻と側室が多数いる。

中国のある書物に、交合の体位で病気を治す形を体系化し、書き遺している。仏教でいえば、真言密教の「理趣経」に詳しく記されている。それはとまれ、女性の神性化は観音様や弁財天などに姿を変えながら、表されている。

何も知らない「女」が女性になる。この経緯に寿命が延びる秘密があるとすれば、それは「知」のエネルギーである。

二十葉　幸せな時間

人はそれぞれの幸せを感じながら過ごす時間と空間を持っている。それは、穏やかな時の流れや、安らか、感動、喜び、満足、激しい興奮、静謐、侘び、寂び、美しいものに触れ、それに囲まれている時々など、人はその中に浸ることで、幸せな気分に浸り、幸福感に包まれる。まるで母の子宮の中に居た、あの胎児に成り切った情態と同一になれる。その時に至福が現れる。人は至福感に包まれる。

その幸福は金で買えるものばかりである。今の世で、金で買えない幸福など、どこにもない。総ての事も物も、金さえあれば手に入れることが出来る。最後は金が尽きることではなく、買いたい幸福が見つからなくなってしまうことだ。その悲劇が、金で買える幸福の終焉である。

それで手に入れた幸福は、欲望によるものではなく、単なる形式と欲求と快適さと、見栄、虚飾、自己愛、そして暇つぶしでしかなかったことを証明する。これは持たざる者、即ち貧乏人の負け惜しみではなく、事実である。

週刊誌のコラムで読んだものだが、アラブかどこかの富豪の女性が毎日一千万円以上使うことを自分に課し習慣にしていたが、最後お金を使うのに、疲れたといって浪費を止めた。成れの果ては、金に使われている自分に嫌悪し、浪費に思考を使うことの無意味さと、徒労に気付いたのである。

一般市民は何と幸福なのだろう。まだ欲しいものや金で買える幸福を持っている貧しさは、神の恵みである。J・ラカンは欠如が欲望をつくり、それは永遠に続く、と言っている。真の欲望とは何か。それは金で買えるのか。Yes。それは分析をすることでしか手に入らないから。

人の世は、何処まで行っても金で買える仕合せから離れることは出来ない。一層、欲望を放棄してしまえば、この欲望と金と幸福のジレンマから解放される自由を選ぶことの方が、本当の幸福かもしれない。

仏教は求不得苦や煩悩の愚かさを説き、そこから解脱せよと、釈迦は民衆に説いた。民衆はそれに従わず、今日、物に溢れる豊饒の物欲の中で埋れようとしている。求めていた幸福に窒息寸前である。そこで火星に脱出しようとしている。人類の愚行これに極まれり。

二十一葉　Fantasize

夏の東北旅行の折、宮澤賢治記念館を訪れた。チェロが大きなケースに収まっていた。賢治が弾いたチェロであるのは言うまでもなく、これでJ・S・BACHの無伴奏を弾いたと幻想を抱いた。きっと賢治氏もBACHの魂に触れ銀河を旅したのだろうと思った。彼はFantasizeの世界を文字で織り、それで童話のタペストリーを仕上げた。その世界へ行くための手続き、そして父との葛藤があった。

父は浄土真宗の「南無阿弥陀仏」で賢治氏は法華経の「南無妙法蓮華経」を各々唱え、互いを主張したが、父は仏の教えは一つとして、神も仏も皆、基ではつながり一つと教え、即ち真理は一つとして、伊勢・京都・奈良の旅を父子二人でしている。これを境に二人は和解した。

しかし、賢治氏には、宗教を超えた心の闇に蠢く魔物が棲んでいた。それを賢治氏は「業（カルマ）」と呼んでいた。それは同性愛だった。高校時代に知り合った同級生に共感し、思想を一つにし、その生き方に共鳴し、一体化してしまった。

彼は友人に恋をしたのである。故に終生妻を娶らずと宣言したほどだ。彼の心の裡に巣くってしまった業に身を委ね、生涯友人への思いを貫いた。その業を父は理解して受け容れた。賢治氏は父への熱い想いを友人に同一化し、対象愛的選択による同性愛に陥ったのである。正にプラトニックな同性愛を生き抜いた。

何故なら、友人との交流は文通だけなのである。友人は退学させられ、郷里に帰ってしまったからである。余りにラディカルな思想を憚ることなく表明したために、学校から退学処分にされ、国元に帰らされたのである。

賢治氏は終生自らの業と向き合い、それが何なのか、どうしてその心が生まれ、何を求めているのか、生涯気付くことなくこの世を去った。

一九三三年没の賢治氏は、J・ラカンに出会うことなく全く自分の心を分析することなく、己に無知のまま、Fantasize に埋没し、現実界と象徴界に辿り着くことなく「デクノボートヨバレ」る理想自我への同一化を目指して想像界を生きた、正に Fantasize の人なのだった。

二十二葉

未体験

ＮＨＫの時代劇ドラマ『大富豪同心』が放映されている。数回観た後に、同じドラマを観ていた家人が「高校時代の先生で八巻という名で、いつも生徒に『ハチマキ』と言われていた」と、唐突に言った。私は呆気にとられた。このドラマの決め台詞に、同心の下端が上司同心の言う「ハチマキ！」に「ヤマキです」というのが毎回くどいように出てくる。

お馴染みの台詞は良く時代劇などで使う手法だが、その典型は件の印籠を出して「これが眼に入らぬか」の時代劇に始まる。それを踏襲した処が、ＮＨＫの律儀さを感じる。素直にその王道を歩む制作者に敬意を表したい。天晴！　天下のＮＨＫだ！　と言わんばかりの正統な演出にすっかりハマり見続けた。

ドラマの台詞が、そのまま現代にも生きていた事実に私は驚いたのだが、家人は一向にその時代を超えた符合には何の興味も示さなかったのは、私にとっては不思議で、一つの疑問を抱かせた。それは、人は何を語り、そもそも語るとは何なのかである。

他者に語るのは、一体何なのだろう。Ｊ・ラカンは、人は欲望を語る、正確には「語る主体は欲望である」であるが、それはとまれ、他者に語る、というより、しゃべりたいのは目標か愚痴か怒りと責めであるが、そのどれにもドラマの中の台詞の符合は当らない。

　だから語る内に入らないが、偶然と符合の妙は語りたくなる一つの事ではないかと思うのは私だけだろうか。私の周囲にはこの名字は無かった。それはその現実は無かったというべきかもしれない。家人には現実にあった唯の事象の一つでしかなく、珍しくも何ともなく、同じだという感慨だけで、言葉にする意味は無かったのだろう。

　結局語る、語らない分水嶺は、現実にあったか、無かったかに尽きる。無かった私には新しい発見であり、体験であることに、新鮮さを感じたため、心に止まったのである。一方、現実を体験した家人は、単に反復でしかない為、何の興味も示さなかったのだ。人が語るのは、未体験の事象だということだ。

Chapter 2 社会

二十三葉　命名

遂にクライアントからコロナ感染者が出て入院隔離された。

幸い、私とは電話セラピーであるため、全くここ何年も接触はないので、感染の心配は全くない。所謂濃厚接触には当たらないために、他のクライアントに及ぶことはない。

三次元的には接触はないが、心的言語における四次元の交流は分析を通して極めて濃厚な関係である。しかし、コロナウイルスは三次元の存在のために、時空を超えて、精神の世界にまで、飛んでくることは出来ない。私とクライアントの精神世界に介入してくる心配はない訳で、電話で入院中も therapy している。

それで判ったことは、入院とは隔離と治療で、全く外部との接触を遮断し、部屋に閉じこめて、外に出さない監禁のことだった。まるで、重罪犯の刑務所みたいだと思った。それをクライアントに言ったら「全くその通りです。窓を開けることさえできないのです」と言う。息が詰まり、窒息し、息苦しくてパニックを起こしそうだと訴える。意味は違えど、その形式は全く同じであることに、ある種の驚きを禁じ得なかった。それは、殺人者は必ず凶器を使う。感染者はウイルスがその凶器になる。人類最終戦争は、核ではなく、生物兵器のウイルスと言われるのは、当然である。目に見えない凶器を人が運ぶ。

今は人が爆弾を体に巻き付けて、自爆テロの人間爆弾で人を殺しているが、ウイルスなら、目に見えず何人でも移して感染させ、死に追いやられる。金属探知機にも引っかからず、外国に持ち込み、バラ撒けるのである。

ウイルスは地球上に最後まで存在し続けると言われている。しかし、そのウイルスも生物・人間が居なければ、生き延びられない為に、種の絶滅の手前、七〜八割の感染で死滅する。

終息は、人類の七割以上が感染した時、訪れる。何故こんな目に見えないウイルスを生物、特に人間は許容したのであろう。

それはこのウイルス名にある「新型コロナウイルス」という命名に。ウイルスの命の名は、「新型」と人は名付けた。それは、人は「新しい形」を体内化しなさいという、コロナのメッセージなのである。

新しい形とは、新しい自己、新しい心、今より成長した心を持った、進化した人間になりなさい、さもないと、ウイルスは体内に残ります、と言っている。

それに打ち克つには、今の自分を殺して、新しい自己を作ること。

これをJ・ラカンは主体の抹殺の運動、シニフィアンと言っている。今その自己の意味生成運動が求められていると、コロナは告げに来た。

二十四葉　心の友

パラリンピックが終わった。肢体不自由や知的障がい、感覚器官に少なからず障がいを持った人達が、五体満足の人達と同じ様にスポーツを楽しむ？　いや闘志を燃やしてレースをする。弓を射るにしても、走る、跳ぶ、球技にしても激しくぶつかり合いながら、彼らは競技という形式のなかで戦っている。

スポーツ本来の楽しむ、のんびりとした気楽な姿を見ることは出来ない。何に対して彼らはあんなに闘志をむき出しにしてぶつかり合えるのか。

オリンピックは世界人口七十八億人のうち、共に突出した極少数の数千か数万の人達でしかない。残り七十六億九千万人の一般市民とは縁遠い、祭典でも運動会でもない。唯の世界一の闘志むき出しの凄絶な人間のファナティックである。

なぜ、オリンピックとパラリンピックが必要なのだろう。九九パーセントの一般人の凡庸な運動力を楽しんでいる人達は、あんなに凄まじい競争をみても、楽しめないし、爽やかな気持ちにもなれない。唯々凄いしかない。

忘れさられた一般人のスポーツは学校や地区、趣味の範囲のレクリエーション程度で、競争心を煽ることなく、娯楽と健康の運動の域を出ない。そこにメダルも順位もない。平凡な市民の運動を楽しむ人々の祭典も大会も要らない。

健康であること、生きていることの喜びを体と汗で感じられる運動に、競争は要らない。

私は一切スポーツはしない。日々生きて体を動かしている日常が、私のフィールドであり、スポーツなのだ。スピードを競うことも、高さや力を誇示することもない。唯、日々健康で、それなりの動ける筋肉と体力・スタミナがあればいい。それに充分事足りている、今の体は。

体はスポーツして、その力とスピード、技を競うためにあるのではなく、ささやかな一度切りの人生を幸せに、楽しくすごすために必要な、心の友なのである。

私から二十四時間、一瞬も離れることもない唯一無二の心の朋友なのである。

二十五葉  お互い様

二〇二二年一月十五日大学入学共通テストの試験会場になっていた東大前で事件が起きた。時に午前八時三十分頃である。十七歳の少年が高校三年の男女二人と、通行人の七十二歳の男性を包丁で刺した。少年は叫んだ。「死のうと思った。親に迷惑をかけた」と供述し、更に「自殺する前に人を殺して罪悪感を背負って切腹しようと考えた」と続けた。

人生に、自らに絶望した挫折感から、世を果無(はかな)むのは判らないでもないが、生け贄か、或いは道連れのように他者を巻き添えにして劇場的に死に場所を演出するパフォーマンスの目的と意味は理解しかねる。彼の本旨は別にある。行動と供述の間に矛盾や一貫性のなさ、コンプレックスが見え隠れしている。

「果無む」といえば、本家『徒然草』に「この世をはかなみ、必ず生死を出でんと思はんに」という段がある。私なりの解釈でいえば、「この世に絶望したら、生きようか、いや死のうかと、あれこれ思いくらべてしまう」である。要は人は世を果無めば、死の淵に追いやられ葛藤するものだ、と言っている。

事件を起こした少年は、正にその場所に追い詰められ、思慮分別を失い、短絡的に衝動的に、且つ逃避的に、その場を逃れたい為だけの暴挙に出たのである。結果、彼は彼が望む本当の解決には至らず、すべては未遂に終わった。唯、人生に休止符

を打っただけになった。

誰でも人生に挫折したり、アイデンティティーを失った時、「必ず生死を出でんと思はんに」になる。その時どうすればいいのだろう。

毎日新聞の記事の中に、奈良大学の社会学部太田仁教授のコメントがある。それは「互恵的行動」を取ること、と言っている。それは、生きる意味を失ったその人に、お互いが必要と感じられる対人関係を築くことで、人生の意味を再構築するコミュニケーションが、その人を救う方法と述べている。身体的には逆に「その人に助けを求める」ことで、依頼したり、援助を求めることでその人を主体的存在に書き換えるのである。

自らが失った生きる意味を些細な日常の中で必要とされる人になるという、他者の欲望を支えにして、自らの欲望を創出して貰う再生が、お互い様とお陰様という日本の古くからいわれている慣用句に尽きる。

二十六葉　大和魂

埼玉県で医師を人質にとって楯籠った、猟銃男が発砲して医師を殺害してしまった。四十代の男性医師は患者第一に思う、医は仁術の実践者で、患者達から親しまれ、敬愛されていた。皆から惜しまれる声が上がった。「憎まれっ子世にはばかる」と言うが、その反対に「善人は若死にする」とも言われる。その通りの事が起きてしまった。

子供の列や通りを歩いている時に通り魔や暴走車の巻き添えになり、犠牲となる例が絶えない。秋葉原の通り魔事件で亡くなった人達のなかに将来を嘱望されたり、夢を追いかけている大学生が謂れ無い悲劇に見舞われる、ある種の不条理をみる。

善き人がそれを全うし、社会の役に立つ有能な人材になろうとしている志が、どうして無残にも狂気の前に潰えてしまうのか。因果律で考えたなら、有り得ない不条理である。それがこの世であり、社会であり、運命の皮肉なのであろうか。どうにも首肯しがたい。

明治維新の坂本龍馬を筆頭に、高潔な志を持った武士達は悉く討ち倒されて、露と消えた。吉田松陰然り、自らの信念を貫き、それが故に禁制に触れて刑死に至る。時に二十九歳であった。こんな潔い生き方はそうたやすく出来るものでない。

しかし吉田松陰は自らの心の欲するがままに我が身の生命も省みず、人民のために、国家の理想像の実現の為に彼は一心不乱に信念と思想に従い行動した。自我欲など微塵も持たず、公共の利益のために生命がけで臨み、事の成果は別に全うした。

私はその彼の言う大和魂が何なのか知りたかったのか、その動機は定かではないが、二十歳の時に友人と山陰山陽のドライブをした。その途次、松陰神社を参拝し、その境内に車を停めて車中泊した。

一晩、松陰神社の霊気に包まれ、松陰の懐に抱かれて、私は夢の中で松陰と出会った。そう私の魂が呟いた。私はこうして後に分析家になる。

二十七葉  神はサイコロを振った

ロシア軍がウクライナに軍事侵攻して以来、ＴＶは連日戦況を伝え、その悲惨な映像を放映し続けている。破壊された街とガレキの山を、そして悲惨な叫びと血だらけの子や負傷者を抱えた市民達の懸命で必死にかけ廻って、逃げまどう惨劇を、私は唯々地獄絵図をその現実に起きているあってはならない阿鼻叫喚の世界を呆然とみている。

一応平和な日本であるが、この事実は、もう安穏たる日々はないと思った。もう二度と世界大戦終結の一九四五年以降は、人を殺すだけの戦争はないと勝手に思い込んでいたことを、ロシアの非人道的侵攻は教えてくれた。

阿鼻叫喚地獄は仏教絵図の中でしかない、空想の有り得ない創造世界だと思っていた。人間の恐怖と悪魔の心が創り出した仮想世界にすぎないと、絵本をみるように子供だましの、子供を恐怖で威嚇する仏教絵本の一ページでしかないと思っていた。それを私の思いをロシアは一撃で砕いた。見事にそれこそ、平和は子供染みた絵空事になってしまった。

人は兵隊になると、いとも簡単に人を殺し、街を破壊しすべてを無に帰することに何の躊躇もなく引き金を引きミサイルのボタンを押せることが驚異に感じ、非情になれることが、恐ろしい人間の深淵をみる。愛と平和を説く思想家や宗教家が居

る一方、このように破壊と殺戮をいとも簡単に、命令という一言で行動してしまう人間がいる。

S・フロイトが言ったように、人には生の欲動と死の欲動があると二元論を説いた。前者をエロスといい、後者をタナトスという。この相反する欲動は、愛と憎しみの両価性をつくり人はこのアンヴィバレンツを抱えながら、平和と戦争、愛と憎しみの矛盾した行為を繰り返す。果してこの相克はどちらが勝利を握るのか。

A・アインシュタインは「神はサイコロを振らない」と言ったが、私はかつてから「神はサイコロを振った」と言っていた。そのサイコロの目は何に賭けたのかと言えば、人類は愛を勝ち取り、平和な楽園をつくるのか、それとも憎しみが勝って絶滅するのかの賭けである。神は人間の心にアンヴィバレンツをインプットして高みの見物をしている。

その賭けの結着は人類のみぞ知るである。

二十八葉  絶滅の諺

ロシアにしてみれば、事前準備を万全に施した末のウクライナへの侵攻の理不尽さは、彼らにとっては正当で正義にかなう国家の意志による大義なのであろう。国家政策の一環としてロシアは自らの行動を反省したり、抑制する視点は全く持っていないことは、破壊された街の映像をみれば一目瞭然である。

ウクライナ人の生活と生命を破壊させることにどんな意味があるとロシアは言うのだ。対話による解決がどうしてできないのか。その答えは古くからのロシアの諺をみれば判る。それは「力があれば知性は要らない」である。古くから言い伝えられている言葉らしい。

その言語に隷属し、その通りに知性と論理や道理ではなく、力による一方的な侵略を行使している、国家の覇権を顕示することだけが国家の威信であり大義であり、利益だとするこの「力」の行使は、人間から愛や信義、共存と道理を排除して、自らの国威の堅持だけに邁進するロシアは、人類のガンである。

地球上の人類を蝕み、自らの手で人類を絶滅に追い込むこの「力があれば知性は要らない」は、人間であることの自己否定である。人間は言語を持ち知性があるから、野獣ではなく人間だと言えるのである。正に鬼畜の行いであることを推し進めるこの諺に隷属する限り、人類の平和も未来もない。有るのは、荒廃した都市の生

活の痕跡を残す残骸と死体のみである。人間貴高い芸術と崇高な信仰心と英知・文化遺産もすべて灰になる。何も無かった素の地球に戻る。

人は何のために社会・国家を築き、愛と美を創造して来たのか。すべての文化遺産も知もすべて無に帰する。その事を確実に予感させるのが「力があれば知性は要らない」という言葉である。人は言葉によって意味をつくり、文化、芸術を創造して来たのである。それを真っ向から否定するこの言葉が、この今の時代の歴史上に登場するとは、驚きである。

私が行ってきた精神分析は「思考は物質化する」の真理に依った、知に働きかける治療法である。知性こそ人間が幸福で豊かな生活と人生を送る根本であるとする。その理論からすれば、人間から知性を排除すれば残るのはタナトスという死の欲動だけである、とS・フロイトは言っている。それは証明しなくともいい、唯一の真理だ。

二十九葉  心の遺伝子

今日の世界で起きている事を眺めれば、先ず第一にロシアとウクライナの戦争、そして世界中を席巻しているコロナウイルス、それに地球温暖化、世界経済の混乱に私利私欲に把(とら)われる人々と国家。これが今の地球上で起きている現実である。一言で言えば、人類に未来は無い、である。

文明の進歩と科学の進化、発展は、人類に幸福をもたらしたかに見えたが、実は地球と人の心を破壊して来た、唯の野蛮で愚かな行為であることが、今証明されている。もう止まらない現代文明の行き着く先は見えている。それが早くなるか、先延ばしになるかだけの違いで、結果は同じである。

結局人類は何を目指していたのだろう。人間の歴史は、独裁者や英雄や数々の偉人、芸術家、天才、科学者を産み出して来たが、とどのつまり、破滅だったとは、聖者達はそれを恐れて宗教をおこし、人心を正道へと導こうと命がけで布教して来たのだ。が、しかしそれが徒労に終わるかもしれない。

最悪は最良の時だから、ここで人類を平和へと大転換させる聖者が出現するかもしれない予兆なのである。今はそれを希望に生きていくしかない。

人は己の無力を知った時、祈る。なす術を失った時、人は一発大逆転を狙って何かをしようとするが、真に為す術もない状況に至っては、人は神に対して手を合わ

せ、何故か祈る。

人には最初からＤＮＡのように祈りの遺伝子が組み込まれているのかもしれない。ならば、ついでに人は平和と幸福になろうとする遺伝子が心の中に、無意識の底に書き込まれていることを祈らざるを得ない。

ところが、これまでの人類の歴史を見れば、そしてロシアのウクライナ侵攻を二十一世紀の歴史の一コマとすれば、その祈りは虚しく消えていかざるを得ない。いや、それでも歴史の結末はどうあれ、私は祈りの心は、人類のＣ・Ｇユング言う処の普遍的無意識に書き込まれていると思いたいし、祈念するのみだ。

Ｓ・フロイトは、人間の無意識に刻まれているのは二つだと言った。一つはエロス（生の欲動）、一つはタナトス（死の欲動）と。それらが作動するには、Ｊ・ラカンの理論によって説明するしかない。主体と享楽の対象ａとリビドーの共働に依ってスイッチを入れなければならない。

一度それが作動すれば、対象ａに同一化するまで、その運動を止めることはない。即ちエロスは何ものかを創造するまで、タナトスは対象を破壊し尽くすまで、それは止むことがない。人間に必要なのは愛ではなく、エロスが無意識の奥底に潜んでいることに気付くことである。

三十葉  進歩と進化

半導体不足で車・電化製品等の日常庶民が生活の基盤にしている工業製品が不足し、手に入りにくくなっている。直ぐに生活が不便になったり困窮する訳ではないが、それなりに我慢を強いられている。

産業や工業が進歩して、科学や様々な技術が日進月歩でどんどん発展し、生活が豊かに、そして快適になった。もうこれ以上の進歩は必要ないと思えるのに、産業経済はもっともっとと利潤を追求し、進歩し、歩みを止めることはしていない。

その恩恵を受けて豊かな生活を手にした庶民は、本当に幸福になったのだろうか。そう疑問を感じる。何故なら、幸福は物質に依ってもたらされるものではなく、精神が創り出す、目に見えない心の世界の出来事であって、決して目に見える物質世界のことではない。それは「清貧」という言葉が最も端的に表している。

昭和の戦後は、所得倍増と文化生活を掲げて、日本人は働き続け、その幸せの象徴は3C、即ちcar・color TV・coolerを持つことだった。今ではそれらは夙に当たり前で、一家で複数台が一般的にまで普及し、3Cは死語になった。文化生活や文化住宅も死語になり、その先の豊かさに向かって突き進んでいる。

それら物質の進歩と経済社会の発展に、人の精神は追いつき、共に歩んでいるのだろうか。

スローライフ、ネイチャーやSDGSとか、省エネ、CO_2削減と、その進歩を止め、むしろ逆行して、自然回帰を提唱し始めた。しかし、もう既に時は遅く、文明は後戻り出来ない所に来て、止めることも減らすことも放棄することも出来ず、温暖化は進み、氷河は溶け、地球はもう元に戻れない。

結局、物質文明の進歩に、心の進化が追いつかなかった結果が今なのである。気付くのが遅すぎた。そして、精神は死んだ。人類は死んだ。その証拠はロシアの侵攻である。今時、戦争だなんて、戻り方を間違えている。

三十一葉　コロナ

遂に我が地にコロナが襲いかかって来た。韓国ドラマ『ホジュン～伝説の心医～』の疫病の世界が現実の我が身にふりかかって、取り巻いた。周りの人々がバタバタ倒れる中、患者を手当して奔走するホジュンの姿が浮かんだ。

私は何も出来ないが感染した人の対応をしつつ、様々な対応もこなし数日すごす。その中で私は感染することなく通常の生活を送った。すべての人が感染した訳ではなく、濃厚接触者でありながら罹患しない人も多数いた。

その明暗はくっきりと分かれた。症状が出ない人も居たことで、すべての人が感染する訳ではなく、免疫力が分けることが証明された。その抗体は「進化」である。進化のワクチンを打っている人は罹患しなかった。見事にその差異が表われた。

私の人生のテーマは「進化」で、常に前へ前へである。故にとどまることは知らないし、止まれば死を意味する。自己は新たな自己に向かって投企し続けて、自我理想を更新していくことが人の一生だと規定している。

コロナ襲撃前には進化を忘れて怠惰になっていた。そんな自分に何かで気付き、すぐに心を入れ替えて、前向きの心が未来に向かって行く推進力を持ち、自己を推し進め始めた頃にコロナが来た。

まさかそれを自らが身を持って証明しなければならない状況に立つとは思わな

かった。その事に立ち向かい、自分を知ることになろうとは。生きている限り、すべてのことが起こり、それを証明しなければならないハメになる。

人生は結局逃れられない事がある。どうあがいても来るものは来るし、しなければならない事は、結局それをすることになる。その総体を人は運命と言っている。

思考が物質化する世界と、人間の集団が思考する集団的無意識が物質化した世界現象とのシンクロが、この世の出来事になる。個と集団が織り成すこの世界の現象は、一体何処に向かい帰着するのだろうか。個人の心が一つにならない限り、愛も平和もない。

集団が目指す方向も一つではなく、市民は国益や企業や財閥の利益だけの追求の犠牲にされて、公益に帰着しない。個人と企業、国家の目指す利益は、結局一つにならず、最終的に決裂してバラバラに崩壊する。

人間の心はバラバラである分裂症的人間という症候を病んでいるといった普遍的人間精神のそこに還るのである。

三十二葉　学ぶ

人間の脳と体は、パソコンのソフトとハードに喩えられている。ソフト＝思考のプログラムで、論理であり、アルゴリズムである。そのソフトを電子回路で計算するハードは、体のエクササイズで、何度も同じ事を繰り返していると、体が覚える訓練と同じメカニズムである。

要は、脳も体も繰り返すことでそのパターンを憶(おぼ)えて反復できるようになる。更にそこから発展して、新しい行動をとる。これがＡＩと同じ、人間も学習機能がある。要は、経験値の差異が、新たなアルゴリズムを生み出し、新たな世界を形成する。それは反復ではなく、新しい枠組み（パラダイム）の作成である。

人間の行動科学は、動機―実行―結果を繰り返す。先ず動機がある。それは行動の原因である。あらゆる動詞の因になる言語が存在する。「走る」は時間に間に合わせるとか、健康のためとか、ダイエットでとか、マラソン大会に出るためとか、各々の走る原因がある。何の動機もなく走っている人は、夢遊病者である。人は常に動詞によって動機をつくる。何の為にその行動を取るのか。

二〇二二年八月のある日、母と娘が十五歳の少女に跡をつけられて、背後から包丁で刺された。その少女は言った。「人は本当に死ぬのか」「母を殺すための予行練習」と。まるで、その少女の動物実験に付き合わされた悲しい事件だった。

人心の荒廃は、人を人と想えない、共感性の欠如はコロナウイルスよりも確かに蔓延してしまっていることを実感する。生も死も判らないから、人が死ぬことを確かめたかったと言う少女の心にあるものは、虚無である。脳は生きる生命を学習していない。

人間が最初に学ぶべきことは、読み書きや計算ではなく、生命とは何かを実感することから始めよ、と少女は言っているのだ。生きている実感が全く無い少女は、生きる、生きている肉体・生命の手応えを死から学ぼうとしたのだ。

脳は文字や言語・記号などの象徴的世界の認識と、音楽やリズムといった感性と、建物や自然の山、海、森などの空間的把握の能力を各々学んでいく必要がある。

何より、その三つの能力を統合して人間の脳であり、ソフトの形成なのである。このソフトがなければ、肉体は動かない。秋葉原通り魔事件の加藤死刑囚は言った。「私はソフトのないパソコン」だと。

三十三葉　悼む

二〇二二年九月十九日、それは私の誕生日の翌日ではなく、エリザベス女王の国葬の日だった。休日の夜の穏やかな夕食を終え、ソファに身を沈ませ、ＴＶのＳＷを入れた瞬間、目に飛び込んで来たのは、真下に見下ろしたアングルの教会のひし形の白黒の幾何学模様の十字架の交差した、それだった。

ＬＩＶＥ「エリザベス女王の国葬」だった。少年少女合唱隊とコーラスの荘重な響きが、教会内を羽衣のたゆたいの様に拡がり漂っていた。そこに壮大なオルガンの響きが、天国への階段を昇るかのように、重低音から天使の笛の輝きのような粒子の飛び交う様が見えるような煌めきのパイプオルガンの音が重なる。

誰の作曲だか判らないが、況(ま)してその曲が喪葬ものとは思えない荘厳で明るい清明感に溢れていた。後にそれは戴冠式の時の曲と判り、合点がいった。キリスト教が基で創られた宗教音楽の大家といえば、言わずと知れたＪ・Ｓ・ＢＡＣＨである。

私が最期に聴く曲は決まっている。Ｇ・フォーレのレクイエムとＢＡＣＨのロ短調ミサにモテットである。唯一遺言をのこすとすれば、喪葬の時の曲の指定である。

それはとまれ、エリザベス女王のそれを観ていて、私も二十一歳の時、ウェストミンスター寺院の大理石を踏みしめ、あの天まで届かんばかりの天井とステンドグラスから射し込む色彩の光の波に包まれていた、あの時の私を憶(おも)い出した。

教会にはパイプオルガンが不可欠であることを、葬儀の一連の式次第の滞りのない流れの中に見た。音が教会の一部であり、血液のように教会内の隅隅まで行き渡っていた。静寂にして淀み無く流れる式次第の流麗さに、時を忘れ、浸ってみていた。これが国葬だと思った。

これをみるにつけ、どこぞの国は未だにそれをするに至らず、国民の総意も弔意もない形式だけの儀式を強行するに及んで、英国の大人とどこぞの国の幼稚さを否が応でもみせつけられ、国民の一人として忸怩（じくじ）たる思いである。人の死を悼む心の完璧さを英国にみた。

三十四葉　笑えない

再びＮＨＫの時代劇ドラマ『大富豪同心』である。両替商の孫が、金で同心になって、ＣＳＩ（科捜研）まがいの科学的・医学的・論理的推理力で、次々に事件を解決していく、若干ユーモアありの、少し笑えるが、真面目な時代劇サスペンス仕立てになっている。

主役の大富豪の孫は、軟弱で立ち合いには気絶し、全く役立たずにも拘らず、その不動の構えに相手は圧倒されて、剣を抜けずに恐れ戦いて、腰を抜かす様に観ている人を笑わせる。

しかし、相手はその不動の――気絶ではあるが、又、それ故に――微動だにしない対峙に揺れ動きが心に翻弄されて、勝手に参ってしまうのだ。人は結局己に負けてしまうということを、このドラマは伝えている。

同心の彼には全く剣の心得もないのに、相手は剣豪同心という瓦版の情報に操られて、民衆はひ弱で腰抜けの彼を捏（でっ）ち上げてしまう。真実の彼は、世間が書き立てる瓦版の剣豪ではなく、唯の金持ちの若旦那でしかないのである。

その彼と剣豪の女剣士が恋をする。しかし、遊びの彼であるが、この一途な女剣士の想いに応える素直な自己表現の道を断たれた養育史がある。彼は両親に見捨てられたのだ。そして祖父に育てられ梲（うだつ）が上がっていても、男としてそれが上がらず、見るに見かねた祖父が、金を使って強引に社会に放り出し、同心にさせたのである。

男らしい女剣士となよなよした女のような男との恋は、何を軸に成立しているのか。男と女が逆説的な立場で恋を描くその意味は、と問いかけてみる。それは単純に女は強くなり、男がひ弱になった現代を表した、アイロニーでしかない。

戦後「女と靴下は強くなった」と言われた時代から、遂に令和に至り、女性は剣（ファルス）を持ち、男は剣を失い、女性のファルスの前に気絶してしまい、女性を仕合せに出来ない現代の世相のパロディーである。男は知と金と力に現（うつつ）を抜かし、女は愛されない悲劇に見舞われる現代を笑おうと言っている。実は悲しいドラマなのである。

三十五葉  私の見た青空

六歳の女の子の父が嘆いていた。「娘がクレーンゲームが大好きで、止めなければいくらでもする。どうしたらいいでしょう」と言うから、「好きなだけさせて上げて下さい」と答えた。そして父は言う通り、勿論、娘の言う通りにした。その結果、投資金額は一万円を超えた。そして取れない事に遂に苛立ち、ゲーム機から離れた。どうしても欲しいぬいぐるみが取れなかった。

そして掻きむしられる様な焦燥感に傷悴し切った彼女はゲームセンターを後にし、Sエンタメ施設に行き、そこで取れなかったがどうしても欲しかったぬいぐるみを買った。それはゲームに投資した額の半分にも満たなかった。彼女はそれを手にして、小さく微笑んだ「ありがとう」と言って。

このエピソードから合理主義的大人はこう考える。なら最初から買いに行けばいいではないか。これは至極まともな考えではあるが、子供の心の世界にはこの合理主義は無い。在るのは、遊びの心である。

遊びの心って何だろう。心が遊ぶとは、運動力学的に見れば、心は何の未練もなく、自由に動けるということになる。これを人は気儘とか気紛れ、我が儘といって戒めて来た。道徳という裁判官と法律により、取り締まられ裁かれて来た。心の自由は、この時人間から剝奪されたのだ。人は自由に生きる権利と遊ぶことを法と道

徳の許に奪われた。

成人になる前に、既に法の適用以前の年齢で根こそぎ奪われていたのだ。大人は法の許にギャンブルと娯楽を条件付きで擬似遊びで誤魔化して生き延びている道化師である。人々は皆ピエロになって自らの役割を生きるしか、この社会では生きられない。

それに疲れ果てて行き場を失った人達がクライアントである。あの涙を流し、裡にペーソスを抱えて必死に笑って、周囲に気を使いながら、怯えながら生きていかざるを得ないのが、クライアントである。心は凍りついて、全く動かず、フリーズしたまま身動きもせず、じっと息を潜めている。この姿を世間では引き籠りという。

心も体も自由に生きられる空間が、この世に、この社会に在るのだろうか。きっとそれは青空の中にしかないのである。私は一過性の分裂病に陥った時、そこから私を救い出してくれたのが、他ならないその青空だった。

私はその時、頭を上空の青空に向け唯青空を眺めていた。そして呟いた「青空だ、私は癒えた」。そして自由になった。

Chapter 3 自然

三十六葉  静寂の蛍

朝の目覚めは、静寂と夢の反芻から始まる。嫌な気分だったとか、恐かったとか等、あまり後味の良くない事が多い。ひとしきりそれがなされた後、さて起きようかと決意し、床を離れる。

その後は、休日と仕事の日では全く異なる。どう違うのかと言えば、休日は軽快に爽やかに、心は解放的に空に向かって放たれる。

仕事の日といえば、心は無である。何もなくスーッと起き上り、いつものルーティンに従い、洗面、食事、身支度にと淡々と粛々と進む。そしてハンドルを握り、仕事場へと向かう。アクセル踏み、ブレーキを操作し、ハンドルの切れ方と対話しながら、静かに前方を眺めながら、ボンヤリ、しかし、全体に注視しながら走る。

心は何処にあるかといえば、今目の前に繰り広げられ通り過ぎていく風景と共に、後方へと消え去り、心は何処にも無い。

この無の心こそ、分析の面談に際して最も求められる分析者の姿勢（スタンス）なのである。

それはとまれ、休日は唯々軽い。何もかも、心も体もすべてが軽い。これは仕事から解放された軽さではない。何故なら、仕事中は心が無い、即ち無重力なのだから、重さからの解放はむしろ仕事中の事である。

休日の軽さとは、敢えていえば、重力を感じる羽根になった軽やかさの感覚にいる存在の重さである。この重さこそ、生きている実感である。私が私で十全で在り得る瞬間である。

休日の二十四時間は、私にとって一瞬なのである。仕事の時間は、唯々、真理に触れ続ける感動の連続なのである。換言すれば、私は一瞬の存在であり、真理は永遠なのである。

私は、一瞬と永遠の狭間に明滅する何者かでしかない。

あの夏の一時、夜の闇の静寂（しじま）に明滅する蛍こそ、私なのかも知れない。

今年も又、詩涌碑庵の前を流れる小川の雑木林の中を飛び交う姿をみることはなかった。

三十七葉  儚き夏

夏は儚いものの饗宴の季節である。

蛍の明滅する緑の灯に始まり、蝉の鳴き声もミーン・ミン・ミン・ミン・ミー、カナ・カナ・カナ・カナ、ジー・ジー・ジーと合唱しながら、いつしか地中から出てきて僅か十日前後でその一生を終える。

実は蝉の寿命は中学生のある観察結果によれば、最長三十日生きた蝉がいるらしいと、夏休みの研究の報告をラジオかＴＶで報じていた。いずれにしてもそれは短い。夏の終りを告げて、土に戻る蝉は、私のシンボルである。それは…、その前に、もう一つ夏の儚さの象徴といえば、花火である。

私の住むＫ市でも毎年約二万発の花火を荒川の土手で、打ち上げる。それは子供時代の夏の風物詩で、夏休みの解放感と共に、心を非日常的にする言うに言われぬ特別感をもたらす。数秒で消えてしまうあの目眩（めくるめ）く、極彩色の光の饗宴は、余りに潔く、余りに苛烈なまでの美しさであろう。

一瞬の煌めきを表わして、直ぐに消える花火は、桜が咲き散っていく儚さに、日本人は何故か感傷的に心を惹かれる。ある種の生と死をそこに見、死生観を形成する。それが日本民族の血の中に、ＤＮＡに刻まれたのは何故だろうと、花火を見ながら、いつも考える。

四季を持ち、その下で農耕を営む定住民族には、常住不変なものは常緑樹くらいで、他のすべてのものは、季節が回りながら自然の姿を変えていく。別れと出会いを四季の変化から学ぶのは、当然のことである。

外国を旅して想うことは、何と日本は緑と水に恵まれた、潤いのある、生命感の横溢した、自然の豊かな国であることの感嘆である。豊かな自然と四季は、野菜、果物、海産物と美味な食材にも恵まれ、剰え、平和である。こんな様々な面で恵まれ、守られている国は他に無い。

であるが故に、人は何の為に生きるのかの問いが生まれてしまった。今日を生きるのに必死な外国では、その問いは生じない。経済的に繁栄した豊かな生活を送っている欧米と日本くらいであろう。しかし、それが為に、心を病む。豊かであるが故の苦しみを知った私は、精神科学を世に出そうと決意した。

それは北アメリカの「十七年ゼミ」よりも長く、二十五年地中に埋もれたまま、じっとその時を伺っていた。私はこの儚い蟬のように、下積み二十五年の「二十五年蟬」として、今、鳴いている。それが儚いことと知りながら、止むに止まれず、地上に姿を現わしてしまった。

三十八葉 

通学路

田園の中を走る砂利道を、自転車で通った中学校の通学路の途次、豚の悲鳴が時々聞こえる場があった。それは後に知ったのだが、豚の屠殺場だった。大好きだったカツ丼も、実はこの悲鳴があってのことの顚末として、人の口に入るのである。人は、他の生物の生命を頂いて、生命を維持していることは、文字としては知っているが、それを本当に実感し、口にする毎に、生命を差し出した、それらの牛、豚、鶏、魚等の姿を想い出しながら、合掌しながら食べていただろうか。

私の家は祖父が養鶏を営んでいて、玉子と鶏肉に不自由することはなかった。鶏肉が食卓に上るまでの一部始終を、小学校時代から見て知っている。父が鶏一羽を養鶏場から持ってきて、まな板の上に乗せ、鉈で首を落とす。そして、それを木の三脚に吊し、血抜きをする。

ポタポタと赤い血がしたたり落ちる。それが終わると、茹で、そして毛をむしり取り、内臓を抜いて、食卓に上る。一連のその流れを、私は自然の一景色の様に、何の感慨もなく、自然の営みの、一現象としてみていた。活魚を捌いて、刺し身にするのを眺め、それを口にするのと大差なかったのであろう。生命を頂いているという捉え方はしていなかった。

野菜も米も畑と田んぼから穫れたのを食し、生命を食べているとは、到底思えなかった。考えてみれば、野菜も土に根をはり、茎を伸ばし成長して葉を広げ、実をつけたところを、抜かれて、食べられてしまう。

生命という意味では、動物も植物も同じだが、動くか動かないかで、生命感に差が生じる。どうしても動く動物の方が、生命として価値があるように思い込んでしまうが、生命は一つなのだ。

私は、食材は田畑から無尽蔵に収穫でき、一生涯、米と野菜に不自由せず、金で買って食べるなんて事は、夢にも思っていなかった。今にして思えば、そんな神話めいた思い込みは笑い話だが、当時は真底そう思っていた。後に、スーパーに行き、野菜と米を買った時の事は、今でもその衝激を、そのカルチャーショックを忘れない。

正直今でもスーパーのレジに行くと、何らかの異和感（いわかん）を持つ。それは、土から取っていた野菜が、煌煌たるライトの下の棚に乗せられた野菜を手にした時に。

種蒔きし、土をかぶせ、水や肥料をあげ、草をとり、土を耕し育てた末に収穫されたそれとは、スーパーの棚の上の野菜は全く違ってみえるのは仕方ない。

それが生命に見えない。そんな食材で支えられている今の生活は、私にとって空中楼閣で生活しているようなものだ。タワーマンション生活と何ら変わりない。

三十九葉  草の花

TVのスイッチを入れれば、コロナのニュースかバラエティーしかやっていない。それしか映らない。バラエティー番組で◯◯ベスト10商品を紹介して画面を埋め合わせている。翌日それを買いに店に行くと、棚は空になっている。二〜三日経って行くと、棚に商品は何事もなかったようにいつもの姿で鎮座している。

それを買い、食しても、こんなものかで終り、感動することはまずない。いつものことなので腹も立たず、唯々他人の味覚とそれを信じて頼った自らの怠慢を嘆くのみ。

美味しいものは、自分の足と味覚で探せということだ。

コロナはコロナで、世界中で感染者が一億人を超えたという。間近に日本の総人口一億二千万人に達するだろう。一国がすべてコロナに犯されたことになる。

残るは七十七億である。地球の定員は七十五億とも百億ともいわれているが、既に定員オーバーなのだ。

人間は他の星に移住するしかないほど繁殖してしまったのだ。戦争しようが、ウイルスが広がろうが、食糧危機であろうが、温暖化が進もうが、二酸化炭素で覆い尽くし、地球を汚染し続け、人口を増やし続けている。

これを繁栄といえるのだろうか。

常軌を失った狂気の沙汰としか思えない暴走をしている。人間はどこに向かって突き進んでいるのだろう。そもそも人は人間として生きているのだろうか。生命として生きていくとは、動物のように摂理に従って自然と共存して生き、繁殖していくことではないのか。

人は生命を生きるのではなく、繁栄と権力と富に向かって生き抜こうとしている。その先にあるのは、間違いなく共存共栄ではなく、破滅である。心ある人なら夙に知っていることである。それを声高に訴えてもいる。しかし、世界の権力者とリーダーは耳を傾けない。ひたすらに富に向かっている。それが心の豊かさという知の富であるならどんなに素晴らしいことだろう。

それを夢みる時代は過ぎ、疾うに終焉を迎えてしまっている。これは悲観論ではなく事実である。書き換えることの出来ない、唯、一つの事実であり、現実でしかない。もう警告も警鐘も何の意味も効果もない所に人類は来てしまった。

今は唯、静かにその時を迎えるのみである、人間に出来ることは。

そして私に出来ることは、「祈る」ことだけである。

そして私は想う、私は名も無き一輪の草の花であったと。

四十葉 

鳥のうた

四月から五月に季節は変り、森は新緑で溢れ、中を見通すことが出来ないほどこんもりと柔らかく周囲の空気を包み、思わず深呼吸させる。緑が人の心と体を癒すエネルギーは、あの緑の色の力かもしれない。

東北道を那須に向かう道中、新緑に覆われた山々の連なりは、日本は最高に自然に恵まれた神の国と、自然にそう思え、腹一杯に緑の風を吸い込む。そして一言呟く。「生きている」と。

詩涌碑庵に足を運ぶ回数が増えた。それは水抜きが無くなったから、帰宅の後始末が楽になり、行き易くなったのもある。が、自然は一気に息吹きを空一杯に吐き出し始めたから、それと対話する楽しみもあるから、通いが増えた。

鳥の鳴き声も「ホー、ホケキョ」から「スキ、スキ、スキ」に変わってきた。そんなに言われると、鳥の鳴き声で、鳥は鳥なりに意味はあって鳴いているのだろうが、それを聞く人にとっては、少しばかり気恥ずかしさを感じる。

主体を持って、シニフィアンを動かして、意味を人間に届けている訳ではないのに、そんなに言われても、どうすればいいの、と思ってしまう。愚かと知りつつ、何故か意味にきこえてしまう。

それは、詩涌碑庵にいくと、全く人間と接触せず、話すことが全くないために、鳴き声が、どうしても人間の声にきこえてしまうのである。

しかし、人も時々鳥になる。

好きでもないのに、好きと言ったり、好きなのに嫌いと言ったり、行きたくないのに、行くと言ったり、迷惑なのに、助かると言ったり、心にもない、嘘を平気で言う。

それは、鳥の「スキ、スキ、スキ」の鳴き声と全く形式が同じではないか。本来の意味とは別の意味による、誤った伝達形式において。鳥と人間が交流することも理解し合うこともない。あるのは誤解だけである。人間も云われた方は、その不一致の誤解すら気付かない。

P・カザルスが国連本部で、チェロを演奏した。それは「鳥の歌」という。それは「ピース、ピース、ピース」と鳴く鳥の民謡である。

人を好きになることぐらい、心に平和をもたらす感情はない。

四十一葉　命の叫び

夏の風物詩といえば、花火に雷に風鈴、そして朝顔に蟬の鳴き声である。ミンミンミー、ジージージーと蟬の合唱が騒音のようにけたたましく響く頃、夏休みの宿題に拍車がかかり、夏の終りと、休みが終ってしまう沈んだ気分と焦りを伴った、ある種の物悲しさを感じたことを憶い出す。もう人生にあの切ない想いを呼び起こす夏は来ない。それも一つの哀しみだ。

蟬といえば、私は講座名『蟬成阿縷』を開催した事がある。訳あって数十回で閉じてしまったが、J・ラカンの「セミネール」になぞってゼミナールとセミナーを合成して「セミナール」とし、それに漢字を当てた。意気込みと志は良かったのだが、意欲だけが空回りして、時期尚早だったのか、受講生の思考と嚙み合わず、一人、また一人と去っていき、遂に僅かな人数になり、止むなく閉講した。辛い思いがある、蟬には。

エピソードはまだある。今から十七年前に私はパンデミックを屢々口にして、自らを鼓舞していたことがある。そして今年又、その言葉を口にしたい。それは「十七年蟬」である。十六年間土の中でじっと地上に飛び立つ日を待ち続ける下積みの象徴として、私は自らを「十七年蟬」と呼んでいた。

今年米国で、その十七年蟬が成虫になって一斉に地上に舞い、その数数兆匹となり、騒音問題が起きるほど、公害になっている。その夥しい数故に、私はその状況をパンデミックと呼んだのだ。私が下積みから世に出る姿をこの十七年蟬に託した。

しかし、パンデミックは起きなかった。代りに新型コロナウイルスが爆発的感染をもたらした。

私は今年、二度目のパンデミックを口にする時が来た。きっと「精神科学」、即ちS・フロイトとラカンがこの世に飛び立ち人類に希望の光をもたらす、精神の目覚めのパンデミックを起こすと確信する。

世間の無理解と無関心にじっと耐えながら、ひたすら黙々と臨床を続け三十年になろうとしている。一生私は陽の目をみることなく、地中深く、埋れ続けたとしても、この真理は永遠不滅である。あの長嶋茂雄氏が引退時に「我が巨人軍は、永久に不滅です！」と宣言したように、今私も同じように、「我が精神分析は、永久に不滅です」と声高らかに、蟬のように鳴き続けたい。

たとえそれが僅か一週間の生の叫びであるとしても。

四十二葉  一瞬を生きる

金メダルをかじって顰蹙（ひんしゅく）をかった市長がいたが、そもそも金メダルはかじるものなのか。首にかけるものではないか。全く意図が判らない。

そもそもオリンピックは霊長類最強を決める祭りなのだから、それは人間も動物であることの認識を忘れないようにするための、人類の先祖返り祭典なのである。その趣旨ならば、獣のようにかじる行為は妥当で頷けないこともない。

しかし、走る、跳ぶ、投げるの筋肉と俊敏に曲芸まで取り入れた競技に何の意味があるのか、全く理解に苦しむ。走るはチーターに、跳ぶはカンガルーにまかせ、闘いは角を持ったサイにまかせ、人は人らしく普通に楽しみ、スポーツは単なる娯楽と健康増進の運動にすればいい。それ以外の意味をスポーツに持たせることはない。

だが、文明が進めば、人は自らが動物であることから限りなく遠ざかり、生命の一種であることを忘れる。その忘却に抗うには決してスポーツで体を動かすことを忘れてはならない。人はどこまでも生命の一種のホモサピエンスでしかないのだから。

動物である人間に動物の本能の残滓があるとすれば、それは闘争であろう。それはレスリング、ボクシング、柔道、空手等に表れている。それにフェンシング、やり投げ、砲丸投げ等の狩猟の名残りを競技にしたものにとどめている。

とまれ、人は人間である前に、唯の動物なのだ。生殖行為によって繁殖していく

ことで種の保存をしていく、一個の生命体なのだ。しかし、それも今や、人は授精によって、人間が動物ではなく、生命操作の対象になってしまった。人間は人間の本分を忘れてしまっている。遠く動物界から離れ、人間という固有の種をつくろうとしている。生命体のあり方は様々であるように、金メダルの重さも各々である。

私が金メダルに対して思うことは、その労力の格差である。飛び込みは、一秒で決し、一〇〇メートル走は、九秒なにがしで決着がつく。一方、野球、サッカー、ゴルフ、他の球技はすべて何時間も何十時間もかけ闘って、漸く手にする金メダルの重さは、余りに違いすぎるが、メダルはメダルである。

飛び板飛び込みの選手は金メダルをとっても、脚光を浴びることはない。一秒の演技では絵にならないし、その練習や苦労話もいかがなものか、その事実は判らないにしても、メダリストはそれまでの苦労と努力を語るだろうか。

語るとすれば一瞬の美学に私は人生を賭けました。一瞬を生きたのです。

四十三葉  愚行

男の夢は金と権力を握ってこの世を支配すること。そして女性を思いのままに従えること。これが男の野望であり、ロマンであり、且つ又 narcissism の極地である。男の identity は自己愛に尽きる。その代表的な表象が金と権力と女なのである。それは、思い通りにならないこの世の対象のベストスリーである。これを操れる男は英雄であり、スーパースターであり、ゴッド・ファーザーなのである。

人類最強の男の称号は、金と権力と女を手に入れた者にしか与えられない。それを手にしたい男の欲望が文明を発展させ、科学を進歩させ、戦争を拡大化した。そして剰え地球を破壊してしまった。地球はもう戻れない所に来てしまっている。脱炭素化の小手先の政策は間に合わず、焼け石に水である。それもこれも皆、男の narcissism の野望が、それを招いたのである。

男は戦いで自らの力を誇示し、女は愛に自らの存在価値を置く。どうにも互いに相容れない別な生き物になってしまった。

金力、権力、暴力に自らの存在価値を置く限り、この世は経済力と政治力を是とし、愛は芸術の世界で表現される象徴的テーマと化してしまい、それは現実界の中核を成し、人類を幸福へと導く、先導者の資格を奪い取ってしまった。

唯の美を表現する一手段であり、形式であり、想像的にしか存在しないものとし

て二次元に閉じこめた。音楽やバレエ、小説にしても、視覚的世界を出ることはなく、それに手応えはなく、結局二次元である。

この世から愛の実践も物質化も悉く破壊された。戦争は芸術を破壊し、燃やした。人類遺産は、いつでも呆気なく戦争によって破壊される。それは歴史が証明している。

金と権力は力の誇示の手段であって、目的ではない。もしそれが目的なら、その二つながら人民の幸福のために使うだろう。

それが人間が本来持ち備わっている、神からの贈物だから。私利私欲のために、一人だけの仕合せのために神は人を創ったのではなく、何が神からのメッセージかを悟り、それがこの地上に創り出せるかどうか、神からの問いであり、人類に課したテーゼである。

それに対して人類はアンチテーゼを神に突きつけた、「否」我こそ神なりと。それが核とＤＮＡの操作、そしてＡＩをつくり出したことである。

四十四葉 

不夜城

詩涌碑庵の良さは静寂である。文明の音は何一つ聴こえない。聞こえて来るのは、小川のせせらぎと鳥の鳴き声に、風にそよぐ木々の葉のざわめきくらいで、一切車の音も何もきこえない。

そう思えば、上空を飛ぶジェット機の音もなく、飛行機雲も見ることが無くなった。十分に一機見るほど、ラッシュ時にはジェット機が光を反射させて、その機体を輝かせながら飛行していた。丁度空路の真下になっているのかもしれない。この北方に猪苗代湖があるからだ。空からの轟音も消え、静寂を極めている。

部屋に一人原稿に向かっていると、突然ガタンとか、ギシィ、ミシィ、ドンなどと、音がする。家が温度の上昇や下降によって木材が伸び縮みして、そんな軋み音を出しているのかもしれない。

ハッとしてあたりを見渡すことがある。それはまるで人の気配を思わせる音の時もある。床や壁、天井などからきこえてくると、恰もそこに人が居るように感じてしまう。まるでそれは座敷童か霊によるポルターガイストかと思わせるほどのリアリティー溢れる音で、ドキッとする。霊が活発に動いているのが見えるような錯覚を覚える。

音源に霊を想定してしまう心理が人間には在ると思える。何故霊を存在せしめてしまうのか。それは、人は対話を求め、独りで居ることの否認をし続ける防衛をせざるを得ないほど、人は淋しい存在なのである。

修行者が深山幽谷にこもり、人との交流を断ち、出家して人間的交流と会話と思考を放棄したなら、否が応でも人は、霊と会話し、目に見えない世界に接触してしまうのである。

俗世を離れ、野山を駆け巡り、自然の静寂の中にただ一人身を置くなら、そこに人は霊気を感じ、目に見えない、視覚で、そして五官で捉えることの出来ない、別な世界を感じることが出来るのかもしれない。人はその感覚を第六感といった。

文明の進歩は、その第六感を塞いでしまった。そして人間から静寂を奪い、二十四時間眠らない不夜城をつくってしまった。

光のない暗黒も、音のない黙も、現代人は喪失した。そしてその代わりに光の洪水と喧騒に襲われ、第六感は退化して五官しか信じない、唯のセンサーロボットと変わりない生き物になってしまった。

人の五官はすべてセンサーに置換されることは、自動運転の車が実用化された時、それは証明され、人は人でなくなる。

四十五葉　秋風

季節の変わり目は、視覚よりも、肌で感じる風が一番早く季節を運んでくる。新緑の優しい緑が初夏の風を運び紅葉の赤が鮮烈に秋を告げるが、それよりも早く、清清しい肌を冷ます風が秋を感じさせる。

春は東風でやってきて、夏は薫風が控えめに登場し、冬は木枯らしが峻烈に山を駆け降りてくる。そして秋は秋風が夏の苛烈な日射しに焼けた肌を癒やすように、そして体に沁み込むように吹き抜けていく。「あっ！　秋が来た」と体全体で小声を上げる。

「女心と秋の空」いや「男心と秋の空」というが、このアキは「厭き」の意であり、そこから男と女の心の移ろい易さの喩えとして「秋風が立つ」が生まれたのであろう。

どうしてそれが秋なのか。男と女の心が移ろうのは秋であるのはどうしてなのか、秋風に吹かれながら想う。

燃えるように熱く燃えた恋心が、秋になって気温と共にクールダウンしていく恋心なのだろうか。心は気温と平衡して、心身は一如なのかもしれない。夏に燃えて、秋に冷め、冬に終わる。

それが恋のプロセスであり、恋の季節なのだ。自然に季節があるように、心にも特に恋心には季節が存在する。青春時代、そう言えば「恋の季節」という歌があった。

恋に季節があるなら、哲学にも、悲しみも、喜びも、仕合せも、苦しみも、各々季節があって、それは必ず次の季節へと変わり、終わるものである。

そう想えれば、人生にも季節があり、春に産まれ、夏に育ち、秋に収穫し、冬に埋もれていく。人生は四季を巡り、真白な雪、静寂の時に沈黙を覆い、空の青と白い雪と白い大地が一つになる。

すべては静けさの中に沈み、自然の中に溶け込む。風も止み、心も魂も安らぎの休息の時に身を移す。風が季節を巡り、変えていくように、心もまた時の流れの中でその身を真白な静けさの中に移し、沈黙する。

でも今は秋風が吹いている。さあ、収穫の時だ。しっかりと実りの秋を堪能しよう。「天高く馬肥ゆる秋」と言うではないか。

四十六葉  遠雷

二十代後半に家を建てた。新居に入って一年が過ぎた間もない頃、ＦＭアンテナの鉄の支柱に雷が直撃した。私は不在だったが、家人によれば、辺り一面真白になって「ピシャ！」という音だったらしい。遠くで聞く雷のゴロゴロドンではなく、電気の放電の音そのものらしい。

当然ながら、それまで精魂込めて組み上げて来たステレオのアンププレーヤー、チューナー他、スピーカー以外は壊れ、コンセントは丸焦げで黒くなった。

他に電話の太いヒューズがカバーを突き破り外に飛び出し、外にあるトイレの換気ファンは塩ビのパイプを溶かし、転げ落ち危うく火を出し、火事になるところだった。最悪の事態は免れたものの、被害は甚大だった。

私の住んでいる土地には、近くに雷電神社がある。故なくしてそこに鎮座していた訳ではないのだ。雷が落ちる頻度の高い地だったのだ。早速その年から雷電神社をお参りし、神棚にお札を祭るようになった。

人は人智を超えたどうにも防ぎようのない自然に対して成す術なくなった時、その自然現象の奥に神の意志を見て、畏敬の念を持つ。それが神への信仰の始まりだ。それまで神も仏もなかったが、この一件を通して私にとって自然と神が一つになった。

人間の論理と科学を超えた所に自然と現実界はあり、それは人間の不可能の場なのである。それは知っていても、自分の身に災害や天災が生じない平穏な日々を過ごしていると、いつしか平和呆けして、安穏とした心になってしまう。

正に、そこに雷鳴と共に雷が神の鉄槌として我が家に下されたのである。私は一撃で目が覚めた。自然に対して畏怖の念を持ち、謙虚に対峙しなければならないと、心改めた。

人は傲慢になるのは容易で、他者に対して優越感や自己愛の言動を何の配慮もなくしてしまう。いつも自然に対して敬虔な気持ちを持ち続けようと、常に意識のどこかに持っていたい。そう日々過ごしている。

いつも遠雷が鳴っていることを忘れてはいけない。

四十七葉  何処へ？

二月十三日BSで南極点に到達した世界初一番乗りしたR・アムンセンをプロファイルした番組を観た。※ 結局最期は同朋の飛行士U・ノビレの遭難の救護に出発したまま消息を絶ち未だに行方不明である。

数々の冒険の危機をくぐり抜けて来た彼は、言うならば呆気なく消えてしまった。彼は一体何処を目指して飛んでいったのだろうか。幾多の困難な生死を賭けた冒険には奇跡的に生存し続け、友の救護という形の友情に向かった彼は、消えた。

そして又、五十五歳になって初めて女性を好きになり、交際し、結婚する段取りになっていた。普通のしあわせと生活がすぐそこに待っていた。しかし、彼はその一般の人が普通に手に入ることのできる生活を手にすることが出来なかった。

彼にとって生死を賭けた冒険よりも普通の生活を送る方が、何倍も難しいことだったのだろう。過酷な自然に立ち向かい、極地を目指す体力と精神力があれば、日常生活は容易いことだと思うのだが、それが人間は全く違う脳の働きによって冒険と日常は区分けされていることを知る。

アムンセンと全く同じ脳構造を持った冒険家が居た。二月十三日が命日とされている植村直己氏である。四十三歳でマッキンリーで消息を絶った、行方不明の植村氏もまた、アムンセンと全く同じ脳構造である。彼は結婚し、奥さんを日本に置き、独り冒険に明け暮れていた。

冒険の新記録を数々樹立し、もうすることのなくなった彼は、自然と共生して生きていくことを教える学校を設立しようと次のヴィジョンをもった。それに向かいマッキンリーに行く。ついでに頂上を目指し冬山を単独登っていく。本来その山は単独は禁止で、四人以上でないと登山できない規則だが、彼は特別で、許されて独り又しても登って行った。

何の為の登山なのか、と素人の凡人は考えるが彼はこう言う、「登りたいから登るんだ」と。グリーンランド縦断一千キロも、スポンサーから「その冒険の士気は何か？」と問われて、彼は「何もありません。私がしたいからする冒険で、意味はありません」と答えた。意味がないのだから、それを冒険と言うのは当らない。

彼の冒険は全く私と同じだ。他者から「何故、分析家になったのですか」と問われたら、私は一言「分析が好きだから」と応える。生きるとは、唯、好きなことをするだけ。アムンセンも植村も何処に向かっていったのか、何を目指したかったのか。

※NHK BSプレミアム　ザ・プロファイラー「南極点に栄光を追え　探検家アムンセン」

四十八葉　詩人

ある日突然、コピーライターの真似事をしてから私は詩人になってしまった。ある会社の母の日キャンペーンのキャッチコピーを依頼された時、一瞬にして言葉が湧き上がってきた。これこそ、この瞬間こそ、私は那須の庵につけた「詩涌碑庵」を生きたのである。

私が目指した小川のせせらぎと木々のざわめき、小鳥の鳴き声、風の音、木々の香りと自然の草花の四季の変化のシンフォニーこそ、私が求めた詩が生まれる場所なのである。そこに触れ続けて二十二年間。漸く詩の泉に触れた。

そしてその次に生まれた詩が

「土の精」
土には精が宿る
触れる
土は生きている
ぬくもりがそっと応える
風が、光が、滴が
浸み込んでいく

自然の声を吸い込んで
豊かに柔らかく
四季を包み込む
土は生きている
そこに精が宿ってる

精神療法に、作業療法の一つとして創造や箱庭、絵画などの行動科学があるが、その中でも動物や土に触れ、遊ぶという体験による、言葉を超えたセラピーがある。中でも最も気軽に出来て、効果の高いものは、土に触れるである。

植栽のガーデニングや花木を育てることは、生命を育てることで、共に生きていく成長を目の当たりにし、芽を出し、花開き、種をつくり、実を結ぶ、そして枯れる。生命の一生がそこにある。生きている実感と共生がそこに在る。

Chapter 4 科学

四十九葉　さりげなく

P社に電話して、待ちにされて、保留メロディーが、私の最も好きな、カーペンターズの「青春の輝き（I Need To Be In Love）」が流れて来る。つい口ずさみながら、待たされている事を忘れて聴き入ってしまう。

タイトルがいい、「青春」の「輝き」だから。老年のとか、晩年の輝きというのはない。

青春は光と影がある。晩年は何があるだろう。

輝くのは、肌ではなく、目だ。人は目を見て、輝いているとか、死んでいるとか言う。何を根拠に人はその言葉を吐くのか。人は認識のためだけに視覚を使っているのではなく、見えたもの以上の何かを見ている。それは、人には第二の目である感性があるからだ。

それは、体全体で感じることの出来る何かを観ている。それを人はオーラと良く言う。オーラが何か判らないが、人は見た目以上に、雰囲気とか、その場の空気と言ったように、視覚情報以外の情報を得ている。それが感性だ。

そして、その外に、人は気迫という、何かそれ以上の心以外の何かをみようとする。いや感じてしまうのである。人と人との出会いの時にそれが顕著になる。vividに感じるそれを、一目惚れとか、運命の出会いとか、赤い糸で結ばれていたと言った必然や、宿命をそこに見出す。果ては魂まで持ち出し、前世の約束とか、生まれ変わりとか、時空を超えた四次元の世界まで行ってしまう。唯の偶然が必然に変わる瞬間に、人は何度か出会う。

私がJ・ラカンと出会ったのも、そんなありふれた日常の一コマだった。さりげなく、上司の机の上にあった『精神の科学』(岩波書店)の一冊だった。その本の中でラカンを知った。一行も解らないその文章が、私を虜にした。全くの無知な自分の青春の影の部分の私と重なった。

五十葉 遺書

夏の暑い、こんもりとした木立の奥に、静かにひっそりとした建物があり、その中に入る。

そこには、想像を絶する異次元の世界が在った。そこは、埼玉県東松山市に在る『丸木美術館』だった。身長より高い屏風に描かれている、墨と朱の赤と血を流した、山の様に積まれた裸の夥しいほどの死体は、地獄そのものだった。

この世に有る筈のない状況を、今眼の前にした時、私はじっとそれを見ていた、何の感慨も抱かずに、その地獄絵図の前に佇立していた。

唯その絵が「地獄」を表わしていることだけは判った。

私は私の心の中の地獄と向き合っていた時期で、それを投影し、同一視するのは容易だった。

何故なら、その頃私は「遺書」を書いていたからである。

それを書くことになった経緯は、小説家になろうとしたが、その才が無い事に気付き、断念・放棄した二十四歳の折、私はこの世と自分自身との訣別のために、それを認めた。

何故二十四歳かは、三島由紀夫氏がエッセイの中で、作家デビューを色々な人で調べたら、そのほとんどが、その齢だったと書いてあるのを目にし、私もその歳を目指していた。

が、当然ながら、そんな才がある筈もなく、呆気なく死ぬことになり、私はその後の人生を「余生」と決めた。

それを三年続けた或る日、気付いたら一過性の分裂病の中に居た。それは神との交流で「天国」だった。幸運にも三ヶ月でそこから脱出できたが、その時の異常な体験の原因を知りたいと思い、その思いが精神の科学と出会わせることになった。

それは『精神病の構造』（藤田博史著）だった。私はこの本に救われ、天国から現実界に舞い戻ることができた。

私に第二の人生をもたらしたあの遺書は、所在不明である。

五十一葉 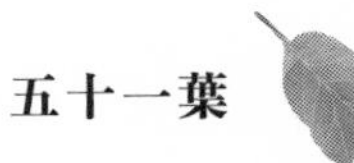 絶対はない

自分の人生にこれだけはないだろうと決めている事が、一つや二つあるだろう。私はNHKの大河ドラマと朝ドラは、全く見る気がおきずに、未だに一作も観ていない。特に理由なく、多分歴史に残る武将に興味がないからである。それと韓国ドラマだけは、一生観ることはないと、これは決めていた。その理由も特になく、唯、観ないと決めていた。

そんなある日、朝食がすみ、何気なく、TVのチャンネルを回していたら、「ホジュン～伝説の心医～」のタイトル文字が目に入った。それは韓国の歴史大河ドラマだった。時代は一六〇〇年頃らしい。

私を捉えたのは「心医」の文字だった。え？　そんな昔に、心の医者、セラピストが居たのかと勝手に思い込んだが、いや居る筈がないと、チャンネルを回した。

日常生活のルーティンはさほど変わりなく、次の朝も、同じ頃、朝食の後コーヒーを飲みながら、何気なくTVを観ていると、又しても「ホジュン～伝説の心医～」の文字が目に入り、何だろうと思うが、観ようとはしなかった。そんな事が数日続いた。流石に気になり、到頭観てしまった。

私は根拠のない主義に反して観てしまう後ろめたさもなく、TVに観入ってしまっていた。一話観ただけで、ホジュンは私だと思った。そう思ったら毎日欠かさ

ず観なければならなくなり、遂に最終話まで観た。その最期は、静かだが、壮絶な死だった。患者の脈を診ながら、彼は事切れた。医は仁術を実践し、全うした人間である。

人生も波瀾万丈であったが、それ以上に医者としてその使命に忠実に生き切った姿は、私の自我理想を体現した人だった。とても彼の足許にも及ばない自分であることは、百も承知しているが、目標の人として、晩年の人生を生きる意味が、彼の生き様によって見せられた気がして、怠惰な日々の繰り返しに喝！ が入り、目が覚めた。

今でもその衝激は残っている。その想いを忘れないようにと、日々心に云いきかせているが、人は悲しいもので、いつしかその想いも薄れ遂には忘れてしまうものだが、ホジュンだけは、私のセラピストの鑑として刻み込んだ。

私の根拠のない心情に従っていたなら、永遠にホジュンと出逢うことはなかったであろう。この世に絶対はないが、人の心の中の絶対として決めたことは、全く持つ意味がなく、むしろ害である。この無意味な絶対は、単なる「偏見」であることは、言うまでもない。

中庸こそ心が立つべき場所なのである。

五十二葉

免許更新

誕生日が来ると、免許更新の時期になる。

免許センターに行き、座学を受けて、ようやく新しい免許を手に出来る。三年に一回の事とは言え、何とも所在の無い時間を過ごさなければならない、ある種の憂うつ感に襲われ、心が滞る。

帰りの車は爽快に飛ばし、オープンにして走る。何とも解放された、愉快な気分でハンドルを握る。

そもそも私が車のハンドルを握ったのは、今となっては時効なので言えるが、十三歳の時だった。中一で私は田舎の畦道や砂利道の県道を走っていた。当然その頃はマニュアル車しかなく、シフト操作しながら、普通に田舎道を走破していた。爾来ウン十年、何度免許書き換えした事か。

晴れて十八歳になり、直ぐに自動車学校に行き、免許を取得し、正々堂々と公道を走った。その年月日は、今は免許証にはない。一度更新を忘れ、失効してしまい、改めて手続きしたため、その年の日付になってしまった。とまれ、車を乗り続けている。

あのＦ１レーサーの中嶋悟氏よりも早くハンドルを握っているかもしれない。

車の楽しさは、車と一体になって自分の思うままに操れる万能感と背中を押されてtake offするのではと思わせる加速感こそ、ジェットコースターを越えた、快楽をもたらすことだ。その快楽は、よく麻薬に喩えられるが、その快楽には常習性はあっても、副作用や禁断症状はない。普段は全く忘れていて、乗って、アクセルを踏んで加速した時、あっ！ これだと憶(おも)い出す。人は何故この加速度が生み出すGに、酔い痴れるのだろう。

私は酒も煙草も、勿論薬物など触れようもないが、一度もアルコールによって意識低下したこと、即ち泥酔したことはない。そして、全身麻酔もしたことがないので、意識を失ったことは、寝ている時以外に経験がない。せめて、音楽に聴き惚れたり、美に触れてうっとりしたりするくらいである。

陶酔の境地に至ってみたいものだが、自力でそこに至るとすれば、それは真理に触れた時に、私は時空を超え、分析中独り、実は陶酔している。

五十三葉  天空の座禅

朝六時、沖縄行き始発便のファーストクラスは満席に近かった。

このコロナ禍で、こんなに朝早くから沖縄はないだろうと思っていた処、自分と同じ様な人が居るんだと語った知人の話である。彼のフライトの目的は、マイレージ稼ぎの、唯の荷物の様な乗客だった。これを一日二往復する。

私は、「それは大変だね」と言ったら「いや唯、寝て喰ってるだけだから、楽なもんです」と言われた。

このポイント稼ぎフライトを仲間うちでは「修行」と言うらしい。そして晴れて上のランクに上がれた人を「解脱した」と言うのだそうだ。

私は呆れた。開いた口が塞がらないとはこの事で、唯の金持ちの暇人ができる、遊びだと言わざるを得ないから。そして、それが解脱するためとは、聖者がきいて、特に空海がきいたら、何と言うか。本当の修行と解脱の意味を説くだろうか。

そんな事はどうでもいいが、彼らのその尊い行為を云々する気も批判もする気はないが、その一見無為に見える行為が、彼らの主体にとっては、とても価値あることをしている充実感に思えていることを想像すると、確かにそれは修業かもしれない。

人間の行為には三つある。

一つは、当たり前のことをする。二つ目は、したい事をする。三つ目はしたくは

ないが、やるべき事をする。マイレージ稼ぎの彼らは、三つ目のしたくはないが、しなければポイントが増えないから、仕方なしに沖縄まで、唯飛行機に乗って、じっと着陸まで喰って寝て、又寝て喰ってを繰り返しするしかない、それを黙々と行う、まるで飛行機にのった座禅の様なものだ。

矢張り、彼らの言う「修行」は正しい。とても私には出来ないことだ。

そう考えると、人は貧しかろうが、富に恵まれ様が、人は等しく苦に耐えながら、修行しているものだと知った。

人は苦に対して平等である。神は公平にして平等に、それぞれの人に試練を与えている。

解脱した時の境地は、一体どんなものだろうか。彼はどんな悟りを開くのか。現実的にはＶＩＰ待遇の王様気分であろう。その場所に行く為に、彼らは天空の座禅をしたのだ。

では一般庶民は、貧しさの苦行に耐えた先にある境地とは何か。

それは無一物無尽蔵の至福という心の富である。

五十四葉　福は内

節分が今年（二〇二一年）は二月二日になる。

果して人の一生は、長いのだろうか、短いのだろうか。宇宙の時間を基準にすれば、それは須臾の間でしかないが、人の一日二十四時間をみれば、その八十年の寿命は長くも感じる。

しかし、生きてその時を迎えると、あっという間である。百歳で、J・S・BACHの無伴奏チェロ曲をCDにした女性チェリストが、そう言っていた。振り返って人生百年、あっという間でしたと。

自分でもそう思う。二十九年前にtherapyを始めて振り返り、今を想うと、これまでが一瞬だった。それは、結局あるのは、今だけだから。何百、何千、何万年生きても、結局あっという間の人生になると感じた。

だから、長く生きることが人間の人生ではなく、今をしっかり生きることが、人間の一生の時間の過ごし方なのである。

要は、楽しく生きているか、つまらなく、悩み苦しみながら生きているか、だけである。

節分の「鬼は外、福は内！」のかけ声は、そんな人の一生の過ごし方の神からのメッセージなのかもしれない。心の鬼は、即ち、怒り憎しみ、恨みも、根にも持たず外に吐き出して、心の裡に福を招き入れて、豊かで穏やかな落ち着いた心で日々すごせよとの、神の諭しなのである。

心に福を貯めて、豊かな心で一生過ごせたらどんなにいいだろう。

そのための文字が浮かんだ。薬局で受け取る薬袋に『内服薬』とある。その文字をみて、思いついた。『内福楽』と。服は着るもので、福は飲み込むもの。薬は艹をとって、薬を『楽』に変えた。

こうして、福を飲み込んで、体も心も楽になる。これが、日々の人間のすごし方なのだと思った。

この袋を作って、クライアント一人一人に渡した、「この袋に福を入れて下さい」と云って。

五十五葉　飛梅

私は今まで生きてきて、賞を頂いたことがない。

小学校の絵や習字や工作などで、出展しても出品しても一度も評価された事も賞状をもらったこともない。剰え資格も運転免許証以外、社会的格付けはない。これしかないと言っているだけである。

要は、何の資格も持ってない。況んや、分析家の資格もない。

自分で自らを分析家と規定したのだ。国家資格にそれらしい公認心理師の規定が産まれたが、それも勿論ない。

J・ラカンの言葉通り、分析家を規定するのは自らである、という言葉に従い、私は私を「integrator」と規定し、今も仕事をしている。

それはともあれ、賞には全く無縁の身である私は、自らを賞賛し、冠を与えるのも自らでするしかなくなった。これを「自画自賛」という。

私はいつもこれを講座の最中にしている。「この説明は判り易く、it's perfect」というと、受講生が笑う。

私のそれはいつも受講生の失笑をかうのがおちである。誰一人その言葉に頷き、拍手してくれる人はいない。自分だけが、その凄さを判っているだけ。この分裂的構造は誰にも理解されずに終わるだろう。

そんな事はどうでもいいのだが、世間からの賞の最高位は文化勲章と国民栄誉賞であろう。そして人間国宝である。

人間そのものが国宝である、とは人間離れしている。ある仏師と話した時、唯の木片でも千年そのままの形でのこれば国宝になると言っていた。人間もミイラになって千年生き延びれば、それ自体国宝なのだ。虎は死して皮を留め、人は死して名を残す、と言うが、名をのこした処で、それが何なのだろう。

菅原道真のように、神に祀られる人もいる。国宝どころか神になってしまったのだ。それは本人の意思とは全く関係無く。道真はそれを何と思うのだろう。私には全く関係無いことだと言う声がきこえる。彼はきっと家族の許に帰りたかっただけなのである。それが飛梅の故事を生んだのであろう。

彼の心にあったのは、神になりたいのでも、国民栄誉賞でも、国宝でもなく、唯家族と共に生きる、市井の人の平凡なしあわせを想う心であったと、私は思う。

何故なら、真理と共に生きていると言って、私は神になったと言って失笑をかう私が想うことは、それだから。

五十六葉  永遠の恋人

二〇二一年二月になって会社は、漸く社会見習い期間が終わり、いよいよ本採用になれるかどうかの見極めの年を迎えた。学年でいえば、中学三年間が修了し、高校進学を辞めて、中卒で就職する、地方から上京して初めて都会にやって来た、あの集団就職の青年と全く同じ心境である。

田舎から華やかな憧れのＴＯＫＹＯの地に立った、不安と訳の判らない武者振いと、訳の判らない高揚感に包まれたあの青春の血が騒ぐのを、今はっきりと感じている。中でも最も心が湧き立つのは、あの『恋』が出来るかもしれない出会いへの熱い恋愛感情を、したこともないのに感じている、あの奇妙な感情の蠢きに把(とら)われている。老いるとは、正に青春に還ることを実感している。

恋する心を忘れていたのではない。もしかしたら一度も恋などしたことがないのかもしれない。この心のときめきを何と形容すればいいのか、全く言葉が見つからない。分析を始めて、言語化できない事象と無意識に出会ったことがない。悉く言語にして来たのに、今それが出来ない。唯今はその感情と想いに身を任せるしかない。

年を重ねて生きるうちに、社会のしきたりや、ルール、集団生活、常識や無知に馴致した心は、もはや青春のあの無碍な世界に戻ることはないと思っていた。が、人生シナリオは決定稿ではなく、あくまで予稿でしかないのだ。どこにも人生の決

定稿など存在しない。

どこか人は、自分の人生は始めから約束され、決められていると、どうしても決定論に陥りがちだが、決まっているようで実は自らの手で自由に書き換えできるものなのである。一度書かれた人生シナリオは推敲し、書き改めて新しく歩み始めることができるのだ。決まっているようで、決まっていないのが人生なのだと、今しみじみ想う。

これから青春を生きると決めた。

その第一歩こそ恋を知るである。恋はするものではなく、恋する心とは何かを知ることなのだ、人を通して。それは単に異性だけではなく、事や物、仕事を通じて、何処にでもその機会はある。

私は分析に恋してしまったのだ。惚れ続けて、その蜜月は未だに終らない。四十年以上恋をし続けている、S・フロイト、J・ラカンに。これからも変わらない。いつも彼らは私の傍にいて、私と語り合ってくれる。恋は人を仕合せにし、優しく包んでくれる。

分析は私の永遠の恋人。

五十七葉　ビッグバン

コロナの後遺症でブレインフォグというのがあるらしい。それは頭に霧がかかった様に、ボーッとボンヤリした、正に頭の中に霧が立ち込めたように茫洋とした想いに把(とら)われている情態を言うらしい。

この対義語として明晰な思考がある。私の信条は、三島由紀夫氏から教えられた明晰さだった。何より思考のキレを大事にし、論理力と知性と情報を計算して、今、ここに最善な方法を導き出す思考の速さこそ、明晰と定義した。

ところが、クライアントは良く、頭がボーッとして、フワフワして考えられないとか、勉強した事が頭に入らないという。これは言葉の使い方の誤りである。正しくは、「憶(おぼ)えられない」というべきである。そもそも学ぶ姿勢が出来ていないことを表わす、この言葉は。

その分析はとまれ、コロナ後遺症のこの症状では、大方のクライアントが昔から言っていた事である。ならば、その人達はコロナに感染していた事になる。故に既に免疫が出来ていて、コロナに感染しないと言って大笑いした。

これは笑い話ではなく事実である。原因がなんであれ、症状が同一であるこの事実を、医学及び脳科学はどう説明するのであろう。人間にとって大事なことは、現象であり、現実とするならば、症状は、紛れもない事実であり現実である。この世の現象は一体何なのだろうと考えてしまう。原因は別なのに、結果は同じである。それは、究極において、すべての現象の原因は一つに集約できるのでは、と考えたくなる。宇宙の始まりは、ビッグバンという一つの事実の現象により四十五億年かけ、展開されて現在に至っている。還元すれば、すべての現象はビッグバンに起因して生じていることになる。

ビッグバンは「無」という特異な場から、その種であるエネルギーの塊がフワッと浮き上がり爆発したものである。即ち無から有が生まれたのである。これを考えてくると、何も持って無い事は、すべてを持ち、宿しているという「無一物・無尽蔵」に行き当たる。

無の中に無限の尽きる事のないものを持っているという逆説的言明こそ、宇宙の発生現場を言い当てている言語なのだ。仏教は宇宙の成り立ちを知っていたのだ。

私も一つの宇宙なら、この無一物・無尽蔵を生きていることになる。私と宇宙は一体なのだ。

五十八葉　それ

桜が散る頃になると憶(おも)い出す言葉がある。それは卒業である。私はそれを知らない。

何故なら中退したからである。一つの課題の区切りとして、証書や修了書、それに卒業アルバムがあるが、私の手許にはそれら一つも無い。それは青春の区切りがない事を顕わしている。

それが無い事はアイデンティティーを持っていない所在なさと同時に、終りが来ていない事の希望でもある。未だに青春に区切りをつける事なく、晩年を迎えてしまった。だから今でも勉強していられるのかもしれない。

J・ラカンの本と睨めっこ始めて三十数年、未だに向き合い、読み続けていて、卒業していない。私の辞書には「区切り」はないのかもしれない。それも卒業していないからだ。すると入学もないことになる。

私はラカンを卒業して、次の何かに向かい、新たな門を叩き、その新世界の学問に身を投じることが出来ないことになる。ラカンを超えてその先にあるものとは何か、を考えることがない。が、しかしその世界に触れたことはある。それは文字には出来ない。

何故なら、五知覚と知を超えた別次元の感覚だから。人はそれを四次元とか『霊の世界』とか言うが、私には一つの事実としかいいようがない。確かに眼に見えず、肌で触れることも音もなく、唯そこに在るのである。その存在と私は対話している。それが出来るのは、単に話が合うからである、真理を追究する者として。

追い求めているものは、「人間とは」「男とは、女とは」そして「父とは」何かを問いかけ、それについて語り合うのである。それが出来るのは彼らしか居なくなった。既に地上の人と語り合う機会を失って久しい。

ただクライアント在るのみになってしまった今、私は彼らと話し合うしかなくなった。

それが唯一の私の至福の時である。

今日もそれについて対話する。

五十九葉  好き

ガソリンスタンドに給油に行った。そこに、爆音を轟かせてオレンジ色の地を這って滑るように侵入して来た車が、私の隣で止まった。

止まるなり、ドアを撥ね上げて、その翼の下から男性が降りて来た。

ニコッとしながら「こんにちは」と言う。私も十年の知己に逢ったように、「こんにちは」と返す。そのドライバーの車は、ランボルギーニ・アヴェンタドールだった。

彼はこれから埼玉県加須市にある「むさしの村」でミーティングがあり、やって来たと言う。

給油もせず、立ち話が始まった。話題は勿論、ランボルギーニとフェラーリについてである。彼は他に、Ｆ３６０モデナのカブリオレ（オープン）を所有しているという。

ドアが開いたままで、車内の様子が伺える。

マニュアルのシフトレバーは天空に向かって真っ直ぐに聳り立ち、光っていた。

彼が何を語りたいか、何を自慢したいか、手に取るように解る。

十二気筒、マニュアルはもう稀少車中の稀少で、既に十二気筒エンジンは人類工業遺産になってしまった。私も一度はそれに乗りたかったが、今となっては夢のまた夢になってしまった。

全財産叩けば、乗れなくもないが、今はもうその機会を失ってしまった。

物事にはすべて時機がある。人生には何度か大きな運命の波がやって来る。それにうまく乗り切れるかどうかが、人の命運を分ける。

私にも四十一歳の時に、その大きな波が、押し寄せて来た。私の未来はその時無かった。会社の窓際に追いやられて、退職に追い込まれ、やむなく辞めて、次の新しい世界への第一歩を踏み出した。それが精神分析だった。

一九九二年九月の事である。当時、素人分析家など独りも無く、相談できる人も勿論なく、手探り状態の暗中模索の五里霧中の毎日だった。

それが、今日まで曲りなりにも分析家としてやってこれたのは、果たして何なのか。私には全く判らない。それは自力を感じた事がないから。即ち、私は一度も努力した事がなく、唯々日々分析の臨床を積み重ねてきただけだから。

一つだけ思い当たるのは、分析が好きということである。

六十葉　24時間

唯一、私の好きなTV番組にNHKの『ドキュメント72時間』がある。

日本のある場所のある地点の空間を、各々の理由で通る人にインタビューして、その人の生き様をその僅かな語りから窺い知るという、正に人生がその一瞬の切り口に表われるドラマが好きで良く見る。

食堂だったり、お店だったり、バスターミナルや駅だったり、様々な人が往き交う場所を定点で摑まえては、話しかけて、今ここを通る訳をきく。人生の岐路に居るとか、旅立ちや、挫折の帰京だったり、人との出会いと別れがそこにある。

それをみる度に、人生はシナリオのないドラマだと思う。

そして、皆人は自分を生きていることを痛感する。私は私を七十二時間は疎か、二十四時間生きているだろうかという想いが沸き上がってくる。

仕事は週休二日で、後の五日間はセラピーに集中すると、「私」と「分析者」の区切りをつけた、二重生活を標榜し、その実現を目指して二十八年間努力して来たが、一度も叶った事がない。

四十八時間の自分だけの時間の僅か、この仕事は幸か不幸か、電話とメールで、いつでもどこでも二十四時間緊急に備えて待機している形式になってしまう。

人道的に、休みだからと言って、先延ばしには出来ない。

この時点で分析家には、「私の時間」は既に無いのである。その事を覚悟しなければ、この仕事に就くことは出来ないとは承知していても、私だけの無意味な時間を持ちたいと思う。

仕事は意味と目的の塊で、一秒たりとも思考が止まることはない。

記憶している臨床データと理論の総てを駆使して分析する。

囲碁や将棋のように、この先の成り行きをクライアントの過去と今のあらゆる情報から推論し、今何を為すべきか、心をどう書き換えるか、どう言えば伝わるのか等々、あらゆる伝達と理解に向けて言葉を選び、文章化して、それを言葉にする。

その分析と文章作成を分単位で行う。これを一日何人も何時間も休憩なしで続ける。

思考を止めることは無い。それで頭が疲れるとか、体の疲労感は全くない。

何故なら考えてしている訳ではなく、ほぼ自動的に答えは出てくるからだ。私は頭の中に浮かんでくる文字を、唯発音しているだけだから。全く思考の痕跡は残らない。故に疲れない。

唯、文字が浮かんで来ない無意味を味わいたいのだ。せめて二十四時間。

六十一葉　幸運

分析の初回は治療目標と診断に始まり、必ず養育史をきく。どんな状況下で幼児期をすごしたのかを尋ねる。それは、自我は他者の下でつくられるからである。

他者とは、クライアントを取り巻く他我達である。それらの人々の自我が人間の自我を形成するのである。多くは養育者である両親、祖父母達である。それに養父母とか、親戚、施設となる。いずれにしても、養育者の人となりをきき、そこで形成された自我が、現在のクライアントの悩みや神経症を生み出したのである。

よくあるケースは、母は産んだだけで、世話行動をしない、所謂ネグレクト、養育放棄・怠慢である。全く、母の情愛に触れることなく、一様に「甘える」ということを知らない。そして欲求を言葉にして言うこともない。剰え遊んでもらった経験も記憶もない。

一番甚だしいのは、父と会話したことがないである。これが何をもたらすか。それはコミュニケーションの障害をつくり、対人関係の失調による親密な関係の形成不全による孤立を生む。何故か。人と対話することができず、他人に相談し、悩みを解決し、新たな人生を切り拓く前進する力を根こそぎ奪ってしまう。この活力の無さが不信と無力感をつくり、孤立させ、引きこもりを生む。

幸い、私はおしゃべりなほどの父故に、色々話をし、きいた。この会話の量が、母との会話の記憶よりも圧倒的に多く、多くの父の格言を憶(おぼ)えることになった。そんな私でも友人は一人もなく、社会との接点は全くない。だが孤立ではなく、孤独なだけだ。

唯、人間嫌いでそうなったのではなく、自分のことをする時間が少なすぎて、他の人と交流する時間の欠如がそれを生んだだけである。

趣味を通して多くの人と語り合い、交流したいと、『昭和のクルマといつまでも』の番組を観てて、いつもそう思う。私も三十一年乗り続けている車があるが、そんな同じ車の人と語り合えたらどんなに楽しいだろうとは想像するが、今となっては夢のまた夢である。

それはとまれ、クライアントの自我を形成した家とは、シェアハウスである。個人の寄り集り所帯で、下宿か寮に近い。その許で形成される自我は人間のそれではなく、その先の言葉はとても口にすることも書くこともできない。

唯言えることは、人間に成るとは何かを考えることが出来る限り、人は必ず人間に成れると言った、ラカン理論に辿り着ける幸運な人であるとは、言える。私も孤独な生物になったが故に、ラカン理論に出会い、人間に成れたのだから。

六十二葉 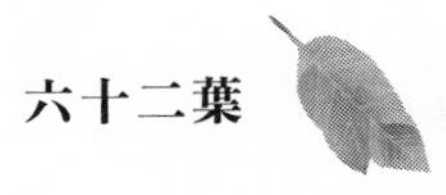 邂逅

スポーツの大会における記者会見が物議を醸している。テニスや鉄棒のアスリートの一言である。前者は女性で、後者は男である。それに意味はないが、唯彼女はしたくないと自己主張した個を見せただけである。しかし、社会はアスリートの個など問題にしていないし、スキャンダル以外興味を示さない。

アスリートとしてのスーパースターの言葉をききたいだけなのだ。全くの個の抹殺である。彼女はそれを拒否したのだ。私も一人の人間であり、女性なのだと訴えた。社会はルールで彼女を裁いた。人間の声の叫びを無視した。

一方私が注目したのは男性の記者会見だった。彼はオリンピック代表を決めた喜びの言葉をメディアは期待して、彼をその場に臨ませた。その第一声は「ダメです」だった。会場もＴＶの前の人も唖然としたことだろう。私は納得し、彼のストイックなまでの自己探求と鉄棒の演技を極めようとする「極道精神」をみた。

彼はオリンピック選手に選ばれ、それに出場することが彼の目標ではなく、鉄棒を極めることなんだということが「ダメです」の一言に込められているのを、感じない訳にはいかなかった。そして、彼の鉄棒への愛と、すべてのことを差し置いてこよなく演技の美しさと超絶した技とスピードの完成形を目指す求道心が、その一言で伝わってきた。

唯ひたすら自己が目指す究極のパフォーマンスに向かって練習し、それを完成しようとする鉄棒職人の姿こそ彼が私と同類であると思わせる。それは世界一でも、名誉でもなく、ただ一人の自己・自分であるための行為なのである。目的は誰にも似ていない自己自身の完成なのである。C・G・ユングはそれを自己実現といった。

しかし、そこに行き着いた時、人は何を見るのであろう。ただ一人の人間になった時、この風景を眺める人は、私しかなく、誰も居ないその境地は孤独以外の何ものでもないが、一体そこにあるもの、その風景はどんな形をし、どんな風が吹いているのだろう。

語り合う人もない、共感する人も居ない、そこには静寂と沈黙だけがある。光も音もなく、時の流れを感じる風もなく、母の胎内へと誘う馥郁たる甘い香りもなく、知覚で把(とら)えられるものは何一つないそこに立つ。

鉄棒と分析という登っていく道は違えど、その場所はきっと同じであろう。その地で彼と邂逅したい。

六十三葉　挨拶

人は別れ際に、「お疲れさま」とか「気をつけて」とか、「頑張って」とか言う。又は昔使われた「御機嫌よう」とか、今はそれを「元気で」と、遠い別れの時に言う事が多い。相手の健康と無事を願い、祈る心を相手に伝える言葉の文化・習慣がある。

英語では「Have a nice day」と、楽しく、お天気でいいですねと言う。昔の人は、即ち明治・大正の人達は、挨拶の時に「いいお天気で」とか「いい塩梅です」と言っていた、祖父母は。英語では「How are you ?」こんにちは、お元気ですかと言う。すると「I am fine」私は晴れてます、と応える。

心が晴れ晴れと快活で楽しく元気にしてますと。見栄や虚勢だけではなく、相手の心配に対して、安心させるために多少元気がなくても、ウツウツとしていても「I am fine !」と言ってしまう。

である一方他者は偸閑(あからさま)に「顔色悪いね」「元気ないね」と言う時もある。又逆に本当に心身とも疲れてしんどい時に、「元気出して、頑張れ」と言われても、益々落ち込むばかりで、更に辛くなってしまう。

人が交わす挨拶の言葉は、一体何の為に発せられているか。会った時に「Hello」と英語は言う。「今日は」と訳を教えられた。が、この原義は「Hallow」と辞書にある。この意味は、聖人、聖職者とある。ということは、人は互いを「聖人」と見なしていることになる。

「今日は」「Hello」は「聖人さま」と言っていることになる。これは確かに元気になるし、心は晴れ晴れとなり、思わず「I am fine thank you and you ?」と言ってしまうのは当然であろう。

遠く昔、人は人を聖人として、聖なる者への畏敬と尊厳を持ち、それを人に投影し、人は聖者であり、神であると見えていたのである。それは当然であろう。何故なら神と子と聖霊の三位一体の人間であると説かれている宗教が心の基底にあるならば、人は神の子であり、「Hallow」と言うのは首肯できる。

私は自分以外は皆師として、年齢・性別に関わりなく、私に向けていわれた言葉は、気付きとして受け容れる。何故なら、J・ラカンが教えてくれた言葉は大文字の他者Aだから。Aは神なのである。私は言葉に隷属し、言葉の意味を受け容れ、それを発音した人は神の声としてきこえるが故に、沈黙のうちに受け容れる。

私は私に向かって、ガンバレと言う。これは「我を張れ」の略語なのだ。自分が決めた信条にどこまでも、いかなることがあろうと従え、その我を張り続けろと叱咤するエールなのだ、ガンバレは。語源もそうだった「我を張る」の転と。

六十四葉　試金石

人には各々縁の深い数字があり、それを自分の好運の数字や忘れられない記念日等に置き換えている。唯の数字やその並びが忽然と意味の光を放つ。大学の合格受験番号や結婚記念日、子供の誕生日、会員番号、新居の番地など、様々に変容する数字。

私にも勿論その種の数字は多々在る。先ずなにより、大学受験に失敗した受験番号「６１５」である。今でも憶（おぼ）えている。独り大学の合格発表の掲示板を見にいった時の、あの衝撃を鮮明に憶えている。６１３、６１４と来て、次に６１７だった。あの空白の数字は、ブラックホールならぬホワイトホールだった。永遠に浮かび上ってくることなく、そこは真白だった。いつまで眺めていてもそこから「６１５」の数字は出てこなかった。私は茫然たる思いで踵を返してアパートに帰ったが、その道すがらの記憶がない。

そして、その時の青春が、人生が終わった。時が止まった。私はその後余生を生きる事になり、二十四歳で、それは才能の無さに気付くに至り、決定的になった。以後私はその数字を私の永久欠番として葬った。

ところが、それから四十有余年経った二〇二〇年六月十五日で復活した。葬り去った筈のあの永久欠番が六月十五日となって、再度墓から蘇って出て来たのだ。

それは、ホームページ公開の日であり、実は空海の誕生日と知って二つの命と共に私の許に戻って来たのだ。当時は、615が空海の誕生日を顕わす数字だとは知る由もなかった。

私はあの時死んだが、同時に、復活の日に向けた分析者としての私の誕生日でもあったのだ。それを知った時、私は衝撃に魂が震えた。

死は常にその次の生を伴っている。そして生は死を伴い、命はこの永遠の繰り返しを振り子のように営み続けるのだ。

K大に入って哲学は出来なかったが、生の人生を社会の中で学んだ。最大の師は、私と出会った人達であり、社会が創り出したシステムと法が構造化した現実世界こそ、我が大学だったのだ。

私は再度、分析者として生きて来たこれまでの人生の区切りを、あるクライアントとの出会いによって知らされた。分析に失敗すれば終わり、成功すれば、新たな分析者としての出発を記することができる、いま試金石の前に立つ。

六十五葉　コメント

オリンピックを観ていて、すべてのアスリートが、異口同音に「支えてくれた周囲の人達のおかげで金メダルがとれて、感謝で一杯です」と言う。いわゆる喜びのコメントで、金メダルをとった直後の、興奮冷めやらないホットな時の、喜びと涙でグチャグチャになったコメントである。

それを聞いて思う。あなたは他人の支えと応援がなかったら、その競技をしなかったのか。自分がやりたいから、好きでその競技に取り組んできたのではないのですか、と問いかけてみたくなる。私は私の自己同一性のために、自己の存在を創造する手段としてこの競技に打ち込んできた、と内村航平氏のように、自己探求ではないのか、それをするのは、と言いたくなる。

自分を励まし、支えてくれ、相談にのってくれ、辞めようとする弱気をセラピーした周囲の人や家族に感謝の念が湧き上がってくるのは当然であろう。何と美しい心なのだと、打たれる。

他者の念に報いようとする心は、人間だけの心である。それを報恩というが、日本文化の中心にあるのが、それだ。日本人の精神の根幹に恩の概念がある。それは、お陰様という、目には見えないが、多くの人や物によって人は支えられて生きているという全体概念である。そこに個はない。

農耕民族は助け合って、共同体として共働し、協働しないと生きていけないのである。定住民族が必然的に至る精神なのである。都市文化や西欧化しようと、日本人の精神伝統で培われた恩とお陰様は無くならない。

それが金メダリストのコメントにも表れている。Life style が文明でどう変わろうとも、日本人の心は相変わらず他者のために生きていく文化なのだと痛感した。

私が自分のために生きてはいけないと思わせる文化が、この国にはある。国も家と考えその家は先祖のお陰様の感謝の心でお盆の日を迎える。その心根は判る。それを理解した上で、私は私のためだけに生きたい。しかし、それは社会と人間である多くの人々が、それを許容しない。

私は一度もクライアントの要望に応えてセラピーをしたことがない。私がクライアントに見ているのは、人間とはどうあるべきなのか、人間が生まれて来た意味に気付けるように導くセラピーをしている。

それが結果的に幸福感だったり、健康だったり、アイデンティティーの獲得だったり、物事の成就だったり、夢の実現だったりしているだけで、私はそこを目指してセラピーをした事が一度もない。

私がしたいセラピーは、真理への導き手になることだ。

六十六葉　飛地

講座は駅前のセンター会議室で毎週行っている。八月の『新・ラカン講座』のセラピールームの帰路、サプライズが起きた。セラピールームの隣に、かねてから工事中の建物が何になるのか判明しなかったが、最近全貌を現わし、コインランドリーであると判った。

しかしまだ、店名は明らかにならず、看板も出てなかった。ところが、その講座に行く時はなかった看板が帰りに、僅か三時間後に掲げてあった。その名は「PARIS」だった。一瞬目を疑った。コインランドリーが何故「パリ」なのだ。ここはいつパリになったのか。

その日の講座で、私は語れる人は誰もなく、唯、フロイトとラカンのみしか語り合える友は居ない、と力説と嘆きを吐き出した帰りだったので、その「PARIS」を見た時、そこにラカンを見た。J・ラカンはフランス人で、どれほど「PARIS」に憧れを持ったであろう。

しかし、その地を訪れたいとは思わない。それは、いつもラカンと共に居るから、敢えて、パリを訪れる必要はないのである。その私が大袈裟に言うなら、今生での話し相手の存在は諦めた。それを確信し、覚悟を決めての帰路だった為に、余計にその「PARIS」の文字はこみ上げてくるものがあった。

ラカンが認めてくれた、ラカンは受け容れ、私をパリに招いてくれた証拠としてこの地を、パリに、即ちパリの飛地にしてくれたのだ。そう確信した。絶望の淵から這い上がって、黄泉の国が、この地に舞い降りて、ラカンが降臨したと思えた。私はその文字に救われた。私はこの妄想も、誤った確信も思い込みの幻想であることを百も承知の上で、それでも、その「ＰＡＲＩＳ」の文字は、とまれ私を救済した事は事実である。

講座の前日は、フロイトとＢＳドキュメント番組で、写真ではなく、生きたフロイトの動画と遭遇したのである。その時も、私の傍にフロイトが居て、そして又翌日、ラカンと対話した「ここはパリの飛地とす」と。

人間がこの世に産み出され、生きていく意味をこの時知った。それは、人は敬愛する人と出会い、語り合い、共に一つの真理と理想に向かって同志となることであると。

人が求めるものは、幸福でも平和でもなく、真理について語り合える友と出会い、真理に辿り着いた処で、共に一つの祈りと誓いを持つことである。私はその至福を味わってしまった。

六十七葉  声明

仏教をはじめ、宗教は様々な芸術を生み出した。絵画、彫刻、物語、音楽、文化等々、その形式は人間の生活・文化・伝統の中に染み込むように、人間世界に溶け込み、形を成した。

仏教美術と音楽は、それ自体が修行であり、目標になる。特にマンダラや仏像、そして読経、声明（しょうみょう）、木魚に太鼓、鐘などは音楽そのものである。各々に音程とリズムが在り、体を震わせる。中でも声明は不思議な世界を演出する。

キリスト教でも無伴奏の合唱、グレゴリオ聖歌がある。どちらも独特な音階と旋法が、人の心を荘重にする。宗教と音楽は切っても切れない繋がりがある、不可分のものである。

体はリズムそのものである。心臓の鼓動は、一分間に六十回の脈拍を基準として、音楽のテンポもそれに準じて、速い、ゆっくりが設定される。読経は太鼓や鐘の音が刻むテンポに導かれていく。そして心は高揚していく。

私は真言宗の葬式に参列した時、声明に出会った。三人の僧侶の声は、式場の中に響き渡り、その声の跳躍や急激な下降音の組合せで、リズムの揺れは、どうにも官能的に世界へと導いた。

お経の内容や意味は判らなかったが、その声の織り成す音の世界は、心を官能へ

と導いた。エロティシズムがそこにあった。死者に贈るものは生の喜びであるエロスなのだと知った。

真言密教の「理趣経」はそれを説いたものだ。空海はそれを門外不出として、最澄の申し出を断った。それは誤解を招きかねない内容だからである。人間のエロスは文化の中で正当な扱いを受けない闇のテーマであり、常の歴史の中で抑圧され続けて来た。それをS・フロイトは精神科学において、白日の下に導き、汎性欲論として著した。

二十世紀以降性は裏から表舞台に立ち、闇から解放されたかに見えるが、性別や性倒錯を市民権の一つとして自由に選択しようなどと、全くの見当違いの論争と運動が起きているが、この全く的はずれの思考に私は絶望し、又しても性は闇の中に押し戻されたと思った。

いつの世でも市民における性は、特別なものなのである。正しくその「性」の意味を理解し、人間に伝えているのは、フロイトとJ・ラカンの「性欲論」と「アンコール」である。これを人類は読み解かない限り、声明の本当に伝えたいことは永遠に人々の心に届かない。

六十八葉　営み

最近、頭に泡のようにふと浮かんでくるフレーズがある。それは「未だ人間の営みというのが判りません」という私が憶(おぼ)えている一節である。太宰治氏の小説にあった様に記憶している。太宰といえば「恥多き人生を送って来ました」のフレーズもある。いずれにしても何故かこの頃、頭の中でリフレインしているフレーズである。

それはどうしてなのか自分では判っている。簡単なことである。私はある時期まで自らが立てたシナリオと人生設計通り悉く実現して来たのだが、ある時を境に、人生シナリオになかった、全く未知の人生が繰り広げられるようになったからである。

要は全く予想もつかない、考えもしなかった事が身の上に起き始めたからである。人生シナリオの主人公とシナリオライターが自分自身ではなくなった。私の与り知らない誰かが、私の人生シナリオを書いている。それは勿論誰だか理論上は判っている。当然ながら、私の裡にいるもう一人の他者、即ち無意識である。

意識で書き上げたシナリオはすべて実現してしまった為、ネタ切れで無くなってしまった。そこに満を持して無意識がいよいよ自分の出番だと主導を握ったために、予測不能の事象が起き始めたのだ。無意識を黙らせ続けるシナリオがあれば、生涯無意識を沈黙させ続けることが出来たのだが、最後の夢だった本の出版もしてしまい、手詰まりになってしまい、途方に暮れ、仕事だけに集中した。

ところが、それは私にとって当たり前のことなので、夢の実現の余地はなかった。あるとすれば、分析者の養成である。それは叶わぬ夢として持ち続けているが、現れる気配もなく、徒に時は過ぎていく。いつしかそのシナリオが消えてしまったのか、意識上から削除された感がある。諦めた訳ではないが、その事は悠久の彼方へと馳せて、幽かな姿になってしまった。こうして私は人間の営みが判らなくなってしまったのだ。

もう一度取り戻す、人間とは何かの答えを求めて生き、それを形にする時、私は人間とは何かを語れる。今はまだその確かな答を持っていないが、その輪郭は少し見えて来た。

それは私が知り得た「知」を人に伝えることだ。たとえそれが社会に認められなくも何の評価もされなくも、私は私の手にした「知」を信じて伝える。それが人間のすべき「営み」である。

六十九葉　梲

体の疲れと心の癒しの為に、ある温泉宿へ行く。そこは山の斜面に広がる温泉地で、平地がない。それ故、駐車場は宿の敷地内にはなく、少し離れた場所に僅かに確認されているだけ。その状況ではお気に入りの車を乗っていくのは憚られるので、次回リピートした場合の駐車場の安全な所があるのか、仲居さんにきいた。

しかし、どこも何か問題があり、捗捗しくなかった。そんな姿を見て仲居さんが言った。

「ところで車は何なのですか。そんな心配されている処をみると、よほど高級車なんですね。B車ですか」

「いや、F車です」

「そうですか、それは考えますよね。うちの亭主が乗りたいと言っていた車です。残念ながら梲(うだつ)が上がらず、遂に乗れずに定年になってしまいました」

仲居さんの「梲が上がらない」という言葉にハッとした。私は自分の乗りたい車に乗れたことを、梲を上げたとは、全く考えていなかった。しかし、一方他者から見れば、その車が梲の象徴になるのかと思った。

世の中には、社会の中で成功したり、出世したりすることが男の甲斐性とされる風潮があるが、その事の始まりは、この「梲」だったのだ。その他に「故郷に錦を飾る」とか、「凱旋する」とかある。

いずれにしても名を成して故郷に凱旋する夢を、男は古来より持ち、その夢の実現の為に頑張る。アメリカン・ドリームとまでいかなくても男は栄光に向かって突き進む。英雄になることが男のロマンであり、男として生まれて来た宿命のように感じているのは、昔のことだろうか。

感じているという表現には、それをしっかりと把(とら)えているという確かな根拠も文化も概念もないのに、何となく世間の不文律のようにフレーズ化されていると考えることも、今や幻想なのかもしれない。

私の梲はまだ上がっていない。世間に知らしめてこそ梲であり、個人がそれを認知しても、世間の目に触れなければ、何ものでもない。私は「精神科学」の旗を揚げるまで、梲の上がらない男でしかない。

七十葉　心の旅

人生初のツーリングツアーに参加した。当日四〇度の猛暑の日だった。目的地、箱根ターンパイクである。ＢＳ『カーグラフィックＴＶ』の試乗コースとして、試走の聖地と言える。ターンパイクを走るのも初めてであった。参加台数は三十台ほど。すべてスーパーカーである。中でも一際目を惹いたのはＰＯＲＳＣＨＥ ＧＴ３だった。

私が惹かれたのは、その車のドライバーだった。彼は車から降りてくるなり「この車が最高だっ！」と言った。彼曰く「色々な車に乗ってきたけど、リッターバイクと張り合って互角に走れるのはこの車だけ」と。二〇一七年製らしいが、それで充分速いという。

続けて彼は言った。「今まで物足りなくて色々乗り換えて来たが、この車はお腹一杯にしてくれて、もういいというほど速くて、思い通りに操れる」「それが判るようになったのは一五〇万キロ以上乗ってからだ」と言った。

私は車の素性が判るのに一〜二万キロぐらいと思っていたが、彼は車と対話すること一五〇万キロで判ってきたという。彼の車との対話力は尋常ではない。好きとか対話するといった世界を超えて、彼はいつも車と共に生きている。

人生の半分車に乗っていると言えるほど車と共に走り続けなければ、年の頃ならまだ三十代四十代だろうか。その年でほぼ月との間を二往復したとは、何たることか。彼は二度も月に車で行って来たのである。

私のセラピーの臨床時間も高々二万時間以上では話にならない。臨床時間と車の走行距離とは、そもそも比較できるものではないが、共に居たという時間では、私は彼の足許にも及ばないかもしれない。

私はまだ分析の入口に立ったばかりなのであろうか。時空を超える分析は理論的帰結でしかないので、新しい分析方法の新たな理論ではなく、言語がもっている当然のことなのである。私はいい気になっていたが、人間の心の宇宙の旅は始まったばかりかもしれない。

いつの日か、「人間とは」を一言で語れるその日まで、私も分析の道を走り続けよう。そう決意させてくれた彼であり、ツーリングだった。

七十一葉　今は

この世には科学的説明ができないことがいくらでも在る。すべて現象を科学と物理学・数学で説明出来る訳ではない。それを人は超常現象という。主には神霊現象といわれる物質化しない像だけの現象と、ＵＦＯである。

科学は眼に見えるものを科学という論理的帰結する因果論で把える。それで説明できているこの宇宙の現象はほんの数パーセントくらいであろう。物質も四パーセントくらいしか解明されておらず、ほとんどはダークマターといって暗黒物質として不明である。

我々は何も判らないこの現象世界に誕生して、五百数十万年の人類で、何一つ宇宙のことなど知らない。何も知らないのに存在し、生存し続けている。唯一明確な事は、人間は私利私欲で、その為には同類の人間を平然と殺し、独り占めしようとする事実は判っている。

人間の欲に不可解も不知もない。そんな人間社会とは全く関係なく、科学を超えた現象は厳然として存在する。

私も今から四十三年前の二十七歳の時に体験している。ある日突然神が舞い降りた。そして神との対話が始まった。その頃宇治に住んでいた。その前は京都の街中に居た。京都時代はほとんど寺ばかりお参りして、神宮や大神関係はなく、霊的現象にも遭遇しなかった。

それがある日突然、神が私に語りかけてきた。それは、預言めいたことより、〇〇神社へ行け、とかの指示が多かった。二月だったたか、天橋立の伊勢神宮の元宮、一の宮神社に行った。

私の認識には存在しない神社で、それを皮切りに、天河大弁財天、浜岡のある神社、伏見稲荷など、あちこちの神社を参拝した。何の為に？　それは今でも判らない。だが、縁ある所であるらしい予測しか持てない。理由は判らない。

そんな事を憶（おも）い出させたのが、夏休み中に観たＴＶ番組の『ごりやくさん』で放映した「天河大弁財天」だった。確かに行った。ナレーションで「神に招かれた者のみが、その地を訪れることができる」と言っているのをきいて、ハッとした。

あの当時私は何の意識もなく、唯言われるままに天河に足を踏み入れたが、あれは神の思し召しだったとすれば、今日の私の生命はあの時約束された今を生きていることになる。今の私は観音と普賢菩薩の行をするよう言われている。

七十二葉  留まる

「ひがん」と言えば、どんな漢字が浮かぶだろうか。私は「彼岸」と「悲願」である。広辞苑ではこの他に「火燗」「飛丸」「飛雁」がある。それはとまれ、彼岸花が疾うに終わった頃にこの音が浮かんだのには訳がある。

分析治療は、此の岸である現状と現実の苦しみから、彼岸である享楽的な世界への橋渡しである。私の住む埼玉県鴻巣市には日本一の川幅を持つ荒川が流れている。実際の水が流れている川の幅は二六メートルであるが。とまれ、此岸から彼岸への案内人を勤めて三十年が経ち、何人ものクライアントを彼岸に連れて行った。

それは私にとって当たり前の事であり、クライアントは彼岸へ渡ってからは私にその世界の様子を、即ち幸福な生活を報告には来ない。それは当然である。彼岸に渡った人間が、嘗ての世界の話をする筈がない。過去はないのである。此岸での苦しい生活は記憶から消し去られ、喪失してしまっているのだから。

向こう岸に行った人への想いはなく、此岸に留まり、分析を続けている。正直言って分析の凄さは、私に実感はなかった。それは前述したように、その成果を聞かされることがなかったからである。

それが神からのご褒美だろうか、初めてクライアントから何がどう変わり、夢は叶ったのか、正に不可能と思っていたクライアントの夢を実現に導いたのは、それ

に寄与したと確かに言える分析の役割を確かに聞いた。

私は分析の力を甘く見ていた。神経症の改善や、心が軽くなって生き易くなるとか、病気がなくなるとか、個人の救済に終始していた。しかし、個々の救済は、その人達が構成する家族全体のメンバーを巻き込んで変容させていくのである。

分析に来ると、構成員も変容の渦に巻き込まれて変わることの実例を得た。そしてクライアントの夢の実現は個に留まらずに、家族全体の「仲の良さ」を実現し、彼女の夢を叶えた。ブラボー分析！　万歳分析！　私はまだ彼岸に行かずにここに留まる。

七十三葉　騙し

二〇二三年一月のテーマ別講座で「老いるとは、青春に還る」をテーマに、老後のアイデンティティーをさがそうを予定していた。そんな時、ＴＶ映画で『ベンジャミン・バトン　数奇な人生』というのを見た。この映画のテーマは生まれた時から遺伝子異常で成長することが老いていくことで、四歳なのに外見が白髪とシワとハゲた老人なのである。

その彼が十四歳の少女と友達になり、終生関わり合い、遂には結婚し、子供を設けるが、老人から成長はどんどん若返っていくという、生命の成長に逆らって幼子になっていってしまい、遂には赤ん坊になり、その彼女の懐に抱かれて死んでいく、正に数奇な人生を辿る。

老人から年を経るにつれて若返っていく様は、今の自分に重なった。私は格言でこの言葉に出会った。即ち「老いるとは青春に還ること」に。このフレーズは、分析と自己分析の末に、今の自分なら本当に人と交流でき、人を愛し、人と共に生きていけると思った。

その時、今の他者への理解力と分析力があれば、真に人と交流できる。人と出会って共に生きていこうと必死になっていた青春時代を、今なら送れると思った。そこで生まれたのが、このフレーズである。

よく、もう一度やり直せたなら何処からという質問があるが、私は迷わず、最初から生まれ変わるではなく、今の知性と分析と心の感性で人と出会いたいと言う。今なら理想通りの思い描いた青春を想いのままに生きることが出来る。精神は整ったのに、唯一肉体が老いた。願うなら、あの映画の主人公のように、年毎に若返っていく時間に逆行した成長のＤＮＡが欲しい。

かつてから私は言っている。我々人類はＤＮＡに騙されて老いるのが肉体だと思い込まされている。この騙しに乗らずに、肉体の細胞は再生能力は五百年あると信じているなら、人は五百歳まで生きられると、私は二十年前から言っている。

では何故それに気付いて五百歳まで生きた人間がいないのか。いや居た。それは仙人である。地球上に存在した、それは仙人と言われる人達である。人はいつも青春を生きている。そう叫べ。

七十四葉  自己の喪失

初夢は見た。人生の夢も見た。人類のこの地球の夢を見る。そして見た。それは暗澹たるものだった。口にするだに恐ろしい人類と地球の未来である。既に個人の運命は人類の動向に翻弄される無力な存在に、成り果ててしまった。果して個の意志と想いはどこまで通じるのか。神に届くだろうか。その希望は限り無く希薄である。

私が求めた「叶わぬ夢」とは、人類と地球の明日の平和と再生になってしまった。地球の平均気温が一・五度を超えたら、もう元に戻れない。

アマゾンの木々は悉く伐採され、CO_2は増加し、水不足、食料不足に人口爆発で、地球は既に定員オーバーの転覆寸前のタイタニック号である。そこからノアの方舟が僅かな人類を乗せて、脱出でき、生存できる人間が居るのだろうか。

幼い頃は、永遠に続き、終りのない世界だと思っていた。それに何の疑いも抱かなかった。永遠が何であるか知らないのであるから、無限も又判らなかった。しかし、終焉が見えてくると、永遠とは何かを問いかけたくなる。

人類はいつしか個を超えて、人類という一つの個になってしまった。それは個々人がSELFを持たなかったからである。個の確立があれば、決して集団にはなりえず、権力者や一握りの治政家に牛耳られることはなかったのである。

しかし、今それに気付いてももう遅い。個を超えた社会的ネットワークという一つのＳＥＬＦが構築されてしまい、そこから抜け出して独り生きていくことは非常に困難になってしまったから。

個を取り戻すことの無力さを、ＰＣがつくるネットワーク社会が突きつけてくる。特に無力なのは「愛」である。物質社会は金と物でしかなく、目に見えない物質化できないモノに対して一向に配慮せず、一切の考慮の対象から除外する。

今こそ人間の心に注目すべき時である。その使命を果たせるのはラカン理論と精神分析の科学でしかない。

人類遺産、本当に人類にとって必要で救い主となるのはラカン理論なのである。

勿論宗教もその一翼を担うが二千年経っても状況は良くならないどころか、悪化している。きっとこの世界を救うのは精神分析の科学だという夢を抱く。

七十五葉  融通無碍

車検・整備後の試運転に漸く辿り着いて、休日勢い込んで、コンディションがどれくらい良くなり、修理は完了して完調かどうかの確認もあり、高速に乗った。タイヤも新品で、その皮ムキもあり、心躍り、ステアリングを握り、順調に走行してよしよしと思っていたら、突然目の前に車の渋滞が現れて、止まった。

この先の事故による通行止めだった。ＩＣで降ろされてしまう。三車線がＩＣ出口で一車線になる。それは半端ではない渋滞で、一・六キロを九十分かかって出ることに。その最後の渋滞の一車線への侵入で、道を譲ってくれた大型トラックがあった。そのドアに会社のロゴがあり、それは㊕とあり、社名は「大徳」だった。

自分はそんな徳を積んで来たろうか。最近セラピーでクライアントの話から「徳」の文字が浮かび、まさに言ったばかりで、その人は徳島の出身だった。何故か、その文字が浮かんで来たのできいてみたが、分析には関わりない事だが私に「徳」について考えさせるキッカケになっていた。そこにこの渋滞の最中で見た文字に、漸く先が見え、開けた気分になった。事実そこからＩＣをスムーズに出て、走行再開できたのだから。

大徳といえば、京都大徳寺で、私がかつて花園で暮らした事がある、二十代の時に。そのアパートの近くに、妙心寺と仁和寺があり、その北東に大徳寺なのだが、私

は妙心寺と仁和寺を散歩コースにしてよく歩いていた。

その周辺を双ヶ丘（ならびがおか）という。近くには「徒然草」を書いた、吉田兼好の居宅があった。私はその前を通り、銭湯に通っていた。もうそれは数十年前の事だが、今でも時々私はその前を歩き、銭湯に石鹸をカタカタいわせながら歩いている。時が止まっているのではなく、その当時の時空が今の時空とパラレルに進行しているのだ。

人間に過去や未来があるのではなく、幾つもの時空が同時に進行し、パラレルワールドを形成している。

私の記憶と主体は縦横無尽、融通無碍に動き、その時その時の時空を生きる。

我々は一定の三次元空間に居るようで、実はどこにもとどまらずに、別の次元の世界を自由自在に飛び回って生きているのである。九十分の渋滞もその経過は全く感じなかった。何故なら、イライラも早く脱出したいも、何も思わず、唯ゆっくりと車を前に進めていたから、私はその時どこに居たのだろう。

七十六葉　時代

コロナが唯の風邪のように格下げされる五月に、大型連休はその前祝のように、人出がどっとくり出し、コロナ前の人出に戻った。五年かかる筈の収束が一年早くなって、人々は行動の制限の抑圧から解放され、はじけたように外出し始め、旅に出ようと必死に休日をお出かけで埋めようと、強迫的脱出行動に、不気味さを禁じ得ない。

世間の言うゴールデンウィーク・大型連休なるものは、私には無く。暦通りの仕事ぶりである。世の中と何の交流もなく、人々との交流もなく、空間的にも心的にも全く関りが無く、孤立や孤独を超えて、四次元に住んでいる感に囚われ、静かな日々を唯、淡々と送っている。明鏡止水といえば聞こえはいいが、世間でいう唯の引き籠りである。そんな生活が三十年ほど続いている。

私なりに社会に向けて様々な形で精神分析を文章でホームページや本にして啓蒙しているのであるが、その甲斐も努力も虚しく、世間の反応は全くと言っていいほど無い。とても世間や社会、地球に住んでいると思えないほどの反応無き、透明な世界に居る。

三島由紀夫氏風に言うならば「時代と寝たことがない」、正にそうである。社会的承認ではなく、反応がないことに、透明な世界に紛れ込んでしまって、今こうしているように思えてならない。

ＴＶのドキュメントなどで、始めて数年程度で局の目にとまり、新聞・雑誌・ＴＶ等のメディアで取り上げられて紹介されているのを観て思うことは、人々に理解されるのは、視覚的にみて直ぐに解り、具体的利益がそれに伴い、成果を互いに享受できるものに限られているものであること。

それに比べて精神分析は、先ず解らない、直ぐに成果は出ない、まして視覚化などできず、おまけに誰もが受けられない高額な分析料に、糅（か）てて加えてその絶対的分析者の少なさで、全く普及の見通しや条件に欠けている。そんな分析の未来は二千年先の時代で花咲くであろう。きっとその時は、私は時代と臥床（がしょう）を共にすることだろう。

Chapter 5 音楽

七十七葉　ブルーシャトウ

三浦春馬氏の突然の死に動揺し、その余震が続いて、泣きくれて、途方に暮れている女性のクライアントが何人か居る。二十代の若い引きこもりの娘(こ)達である。大ファンという訳ではないが、それなりのファンで、その喪失感たるや、傍目にも痛々しい。励ます言葉もない。

何故、それほどの衝撃だったのか。

それは彼のパーフェクトである。完全な人が去(な)くなったという。才能と美を備え、その上に人格者であった人柄の良さが、何より死からもっとも遠い処に居た人が、あっという間に消えた、その唐突さに、理由のなさに、呆然としたのである。

青春時代に憧れたアイドルや、スター、ミュージシャンが居た。そのどの人達も、懐かしの昭和番組に、老いたその姿を晒して、自分の老いも知らされ、それは見ない事にしている。

その中で唯(た)った一人、自殺した人がいる。ブルーコメッツのI氏である。私は彼のフルートを吹く姿に惚れた。そして高校時代フルート教室に通った。すこぶる厚い扉を開けると、そこに小太りの男性が居た。狭い部屋で、個人レッスンだった。芸大生で教師のアルバイトをしていた。

課題曲は、J・S・BACH「管弦楽組曲第二番ロ短調」の「メヌエット」。その曲が私とＢＡＣＨとの出会いだった。そこから一気にClassic音楽にのめり込んでいった。そして、フルートを吹きまくり、自己流のアドリブをバンドで吹くことが夢となった。

それは後年仕事仲間とバンドを組んだ三十代に実現し、Ｉ氏の真似事をした。夢は叶った。

「あの日にかえりたい」とか、ボサノヴァ風の曲に、勝手にフルートをつけた。

Ｉ氏は私にとって偉大な人だった。今もフルートを吹き、ピアノに触れる機会を持てるのも、Ｉ氏の格好いいフルート演奏から、ＢＡＣＨ、Classic、作曲へとつながる端緒をつけてくれたのだから。

音楽の世界の扉を開けた、あの高校時代のレッスン教室の時からだったのだ。

七十八葉 泥沼

音楽は麻薬である。

心を魅了し、陶酔させ、それをいつまでも持続し、何度も反復欲求を生じさせるからである。

しかし、アディクション（耽溺）と異にするのは、同じ常習性にしても純粋な麻薬と同様、病的な常習性である、禁断症状と過剰摂取に幻覚作用を伴わないことである。

音楽は、殊にClassicは、音のハーモニーとメロディー、リズムが心を躍動させ、命を安らかに包み、時に鼓舞し、天国へと連れていってくれる。そこがどうして天国なのか。それは心の平安と歓びと高揚、そしてそこに神を観るからである。

この神は、時間が美しいメロディーで埋め尽くされた至福感である。この至福の時を求めて音楽に聴き入る。それはＬＩＶＥでしか得られないのは判っているが、毎日ＬＩＶＥに出向くことは出来ず、家庭に居ながら、その至福の時が味わえないだろうかと考えると、レコードをいい音で聴くオーディオの世界に足を踏み入れるしかない。この世界がどんな世界か、当時の私には知る由もなかった。

一枚のレコードを聴くのに、オーディオ界ではそれを再生すると言うが、それにどんな機器が必要かも知らなかった。簡単にそれを紹介すれば、先ずレコードを正確に回すターンテーブルに、その溝をトレースするカートリッジとそれを支えるアーム。以上を総称してプレーヤーと言う。

これには、その微弱な電流を整えるアンプに音の出口のスピーカーが必要である。こうして私は各機器のグレードを上げつつ、オーディオとJ・S・BACHにのめり込んで行った。主体は音楽を聴くことで、オーディオだけに傾注してしまうことはなかった。

しかし、この世界に終わりはなく、果てしなく、マニアは音の求道者の如く、一心不乱にその道に向かう。お陰で、私はそれと並行して、BACHにのめり込み、遂にライフ・ワークを得た。それは、BACHのカンタータ※を全曲聴くである。

その全曲録音の大偉業を成し遂げた鈴木雅明氏のBACHへの泥沼の愛に触れることが、私の一生の目標になった。

※J・S・BACH：「教会カンタータ全集」鈴木雅明&バッハ・コレギウム・ジャパン

七十九葉　侘び

コロナウイルスの影響で家に居る時間が長くなった市民生活は、ライフスタイルの変容を求められているというが、私の生活に全く変化なく、コロナ禍は別世界の出来事の様に思えて、唯の傍観者になっている。

基本的生活において、人に会わない、会食しない、外出しない、唯々セラピールームと自宅の往復のみで、友人もない為に、遊びに行くことも、スポーツすることもない。

故に他者と会話することもない。市中の仙人の様な生活をしている。そんな引きこもりの様な生活を二十八年しているが、一向に飽きず、ひたすら充実した日々を送っている。

そんな私にも些(いささ)かな気分転換がある。それは音楽と、ＤＶＤを鑑賞することである。ＤＶＤはホームシアターの一〇〇インチ画面で、音楽ＬＩＶＥを観るのである。

この中で最も好きなＤＶＤがある。

それは、一九八一年九月十九日ニューヨーク・セントラルパークに五十三万人を集めて行ったサイモン＆ガーファンクルの唯(た)った一度の再結成コンサートである。

それは、公園緑化運動に協力する、無料チャリティーコンサートなのである。

ニューヨーク市長の挨拶に始まり、二人の美しいハーモニーの曲が途切れなく続き、後半アート・ガーファンクルの『明日に架ける橋』を熱唱し終えた後、右手は拳をつくる、小さく腰に引きつけるガッツポーズをした、あの瞬間がたまらなく好きで、何度も観る。

五十三万人の聴衆の熱狂の渦の中で、あの小さなガッツポーズほど可憐なものはない。絶叫で応えるでもなく、少し微笑み、少しだけ心をみせる、あの奥ゆかしさこそ、「侘び・寂」の極致である。

昂る情動を爆発させるエネルギッシュな表現も、それはそれでダイナミックで雄雄しいが、ガーファンクルのあの小さなガッツポーズに秘められた彼の心の凝縮された結晶したエネルギーは私を密かに力付けてくる。秘めた力を内在化できる人は、何と控えめなのだろう。

力まずに生きたい。自然で在りのままで、見栄もはらず、力説もせず、憂えることなく、絶望せず、淡々と、そして黙々と寡黙に生きていきたい。そんな人生を送りたいものだ。

これは大して意味のないことだが、このＬＩＶＥの開催日は、私の誕生日の翌日である。私もいつかこんなガッツポーズが出来るシーンを迎えたい。「やった！」と小さく呟きたい。そして、涙を一つぶ流してみたい。

八十葉　歓喜の歌

三密を避けることが日常になっても、元々人との交流の少ない、というかほとんどない私にとって、生活様式は全く変わっていない。セラピールームと自宅の往復の日々である。そんな生活を二十数年続けている。何ら代わり映えのしない毎日だが、一日一日はセラピーを通して、真理に触れる感動の毎日である。

もうこれ以上知ることはないと思うが、その一時間後には、又新しいクライアントから、真理を教わる。大袈裟に言えば、一瞬一瞬、クライアントの一言一言に感動している。真理に触れ続ける時の流れの中で、私は「はじめに言葉ありき」を呟いている。

この世界の始まりの前に、そして物質の現象が始まる前に、「言語」があったのだ。そのことを理解したのは聖書である。私はクリスチャンでも信仰者でもない。唯のJ・ラカン信奉者である。いや、真理と共に生きている、唯の人間である。

世界の一角に場を与えられ、その中でやるべきことをしている唯の分析者である。崇高な真理を声高に叫ぶこともなく、分析普及のために運動するでもなく、唯、一人一人のクライアントと向き合い、その声に耳を傾け、真理の言葉を聴いているだけの日々を生きている。

それは、日々食事を摂り、空気を吸って生きているように、真理を吸い込み生きている。これは酸素のように、血管に溶け込み、体中をかけ巡っている。体は喜び、歓喜に震えている。

年末に、日本の文化と風物詩になったベートーヴェンの第九が演奏され、歓喜の歌に浸り、包まれるように、私は真理の言葉でそれと同様の感動に包まれる。言わば毎日が年末のような状況である。果して今年は、何回第九が鳴り響くことができるのか。

私のセラピールームは、コンサート会場の様なものである。クライアントの語る旋律を、不協和音のない和音（コード）に換えて、演奏が上手くできるように毎日レッスンしている。次第に新しい和音と旋律に慣(な)じんで、美しい音楽を響かせる。私はそのためのアレンジャーであり、コンダクターである。

私の夢は、いつか独唱から、クライアント全員による『歓喜の歌』の合唱である。

八十一葉　修験道

月に一度ミュージック・セラピーを行っている。テーマを決めて選曲し、三十年の歳月をかけた我がオーディオ装置で、鳴らす。マルチシステムの調整は天文学的要素の組み合わせがあり、それを自分の耳だけを頼りに理想の音に近づけていくのだ。機器を替え、コードを替え、接点を磨き、電源をキレイにして、全体の音を整える。中でも重要なのは、イコライズである。スタジオミキサーに成り切って、各音域をイコライザーを操作していく。二〇Ｈｚから二万Ｈｚまでを何十分割して各音域の出力を変えていく。

そして各音楽ジャンルに合ったイコライズをして、波形をつくっていく。クラシック、インストルメンタル、ヴォーカルレコード、ＣＤ用とそれぞれ音を仕上げていく。そんなことをしていたら三十数年経ち、漸く聴いてもらえる音になった。

当日私は三回聴く。体は清らかに洗い流され、正に洗心される。体感的には体は軽くなり、心的には精緻にして清明な心になり、清々しい気分になる。明らかなる音楽による治癒効果は認められる。心が癒えるのは音の持つ振動数であろう。二〇～二万Ｈｚの可聴域の振動数が体に及ぼす作用は、六十兆個の細胞に至る。正に体全体が揺さぶられ、活性化するからであろう。

各細胞によって共鳴する振動数は異なり、その最も共鳴する周波数を組み合わせたのが、名曲といわれる音楽である。

音楽は時間芸術により、滝のように、シャワーのように音が絶え間なく、体と心に降り注ぐ。連続する音の洪水は、まるで修験道の行者が滝行するように、ミュージック・セラピーは正に音による滝行に相当する。そして沈黙して二時間座り続けて唯傾聴するだけの不動の姿勢は、座禅そのものである。

音楽を聴くとは、修験そのものになる。何も山野を駆け巡らなくても、在家でJ・S・バッハの音楽を聴くだけで、修行していることになる。これを一千日続ければ、千日回峰行になる。それで在家の阿闍梨になれる。

音楽の効果はそれだけではない。音の美を観るのである。バッハの音楽には、宇宙が見られ無伴奏のヴァイオリンやチェロの曲を聴いていると、銀河がみえてくる。

それは、心を無にして、沈黙の世界に心を置いた時に、その無の空間に音が輝き放つのである。音は色になって、無音であるが故の沈黙の中で光彩を放つ。

それが音楽の持つ深秘（しんぴ）である。

八十二葉　委任

ミュージック・セラピーの効果は、明確に体感できる。それは、体が軽くなる。まるで温泉から上がった爽快さと軽さと、ホッとする安らぎである。体も心も癒えるというのが的を射ている。

二時間余り、クラシックの名曲といわれるあらゆるジャンルの曲を聴く。バロックから近代まで、テーマを選んで、それに相応しいと想える曲を私自身が選んでプログラムする。

名曲の持つ周波数は心にも体にも心地良く響くことが、これまでの十数回に及ぶ開催からそれは証明されている。クライアントの聴いたことのない馴染みのない曲でも、確実に感動を与え、癒えさせる。全身に音のシャワーを浴びる体験は、個人差や個性の違いを超えて等しく心と体の洗浄を施す。

そのメカニズムを一度も考えたことがなかった。それを知る必要もなく、唯々効果を享受していた。だが、ある時ふと考えた。何故心が軽くなり、体も楽になるのかと。そして気付いた。

一つに、先ず再生させる音がもたらすものだ。オーディオの基本は、音の基礎になる低音である。この質感と量感、そしてそのスピードによって良し悪しが、心に届く気持ち良さが決まる。質はドローンとした音ではなく、ビシッと引き締まったものでなければならない。そしてその音がたっぷりとした量感を持って、素早く耳に届かなければならない。

何故なら二〇Ｈｚは二万Ｈｚの高域に対して遅くなるからだ。高域が先に耳に届き、音の時差が生まれ、音の合成にズレが生じて響きが滑るからである。その証拠に、高域の一・二三万Ｈｚ以上の音圧（ｄＢ）を変えると、低音の音質が変わる。

そこで、低音の次は高域の良さに関わることが判る。その合成が中音となる。中音は人間の声域になり、ボーカルがそこで、生きるか死ぬかが決まる。人の声が生々しくなれば、人は安心してその音楽に身を委ねることが出来る。

この時私はハッとした。そうだ、人が音に癒されるのは、この心を音に委ねて、暖かく包まれる、赤子の時の母の懐に抱かれている疑似体験がそこに再生されるからなのだと判った。

体も心に合わせて、音に身を委ねる。こうして音と曲に心身を預ける。

完全委任こそ癒され体験なのだ。

八十三葉　小さな幸せ

『ENCORE!! ENCORE!!』ツアー以来、小田和正氏が埼玉スーパーアリーナに『こんど、君と』ツアーで帰ってきた。数年振りの再会で、齢七十五歳に小田氏はなっていた。流石にハート形の花道をかつてのように疾走することは無かったが、のんびり散歩するようなゆっくりとした足取りで歩いていた。

その心の落ち着きと豊かさが歌い方に表れていた。いつもは力強く唄うのだが、一言一言、一音一音丁寧に吟味しながら朗朗と歌い上げていた。ミキシングも小田氏の魂の唄を強調するように、バンドの音は控えめに、ベースの低音やバスドラは抑え気味にして、ボーカルを際立たせていた。二万二千人入るホールに響き渡り、突き抜けていた。

音響・照明・構成が全く変わり、一新した新生小田和正のステージになっていた。特にその中でも音が良かった。最新のデジタル技術による音のコントロールはその歪のなさと、ノイズのなさに尽きる。

七〇～八〇年代は、ブーン、キーンといったハム音は当たり前で、唯ガンガン大音量で客を圧倒するだけの虚仮威し(こけおど)のミキサーでしかなかったが、今や、洗練され、透明感溢れる歪のない高域を実現していた。時代は美しく、そして華やかに、心湧き立たせる演出と照明により、小田氏ツアー史上最高のステージだった、と彼自身も感じていたことだろう。

惜しむらくは、体と若さであろう。今のこの音で、オフコース武道館ファイナルコンサートを出来たなら、と、ふと考えないこともないが、それは詮無いことだ。こんどいつ小田氏のコンサートに会えるのかと考えるとそれも遠く天空の彼方に消えていく。人の世の宿命とはいえ、どうして人間の終末は儚いのであろう。来し方を振り返り、幻になった記憶を辿ったところで、どうにかなるものでもなく、唯々ノスタルジアに浸り、メランコリックな気分になるだけである。

だから前を向いて「今度　君に会う時は　やさしい季節に包まれてるだろう〜想う人がいる　想ってくれる人がいる　小さな幸せが支えてくれる〜」そして唄の終わりに彼はこう歌う。

「もう少し　この先へ行ってみよう　もう少しだけ」と。私はもっともっとこの先へ行ってみよう。想ってくれる人がいる小さな幸せに支えられて。

八十四葉 陶酔

私はアルコール分解酵素が出ずに、直ぐに酔ってしまう。故にアルコールを口にすることはほとんどない。食前酒のおちょこ一杯の梅酒がやっとである。それ以上はグラス一杯で天井が廻り出してしまう。ビールもワインも日本酒も漢方を飲むように薬のように飲む、慎重に。

味の違いは判るが、とても味わうというレベルにはいかず、確かにワインなどは種類や年代の違いによる味わいは、それなりにかぎ分けられるが、それで酔うことは出来ない。ヨーロッパに行った時も、ワインとビールは飲み放題で、水より安かったのを憶えている。

他の人から良く言われる言葉に「人生に酒無くして、何の楽しみがあるの」がある。「あります」と答えるが、酒好きな人からすれば、そんな楽しみは酒の無い人生を考えられないその人にとって、誤魔化しのように思われるらしい。

一度も信じてもらえないので、その楽しみが何であるか、一度も口にした事がない。宴会などは酔いつぶれていく人を眺めているだけで一人静かに食事だけしているのが常だった。

酒の席は別に居心地が良いとか悪いとかではなく、唯酔ってどうしようもない為体（ていたらく）をいつもの風景として見ているだけだった。今はその宴会も酒席もなくなった。

特段どうということのない日々を酒なしで送っている。

そんな私が一度だけ美味しい酒を飲んだことがある。今から四十数年前になるが、上司が差入れしてくれたワインが今も忘れられない。

それを数人の同僚と飲んでいた所に上司が帰って来て、一杯呑もうといった時には、ビンは空になっていた。美味しい美味しいと言ってあっという間に呑み干してしまったのだ。ビックリしたのは上司で「お前らそのワインをいくらだと思っているのだ」と半ば怒鳴り気味にそして呆れた顔で、力なく言った。

それは貴腐ワインだった。樽で発酵した僅かな貴重なぶどうを搾った貴重で高価なワインだった。我々はそんな事知る由もなく、唯々「うまい、うまい」といって呑み込んでいた。一ビン三万円以上だったように言っていた。私の美味しい酒の憶(おも)い出はこの一回である。

酒の人生も楽しく有意義であろうが、私には私の酒がある。それでいつも陶酔している。この酔もアルコールも同じだが、一つ違うのは二日酔いがない。毎日呑んでも差し支えがない。それは音楽だ。

八十五葉　光の音

音楽と出会い、オーディオに再生芸術へのファナティックな情熱へとのめり込んで、早五十年の月日が経つ。それまでに様々なオーディオ機器の出会いに、新しく機種を変える毎に、驚愕する体験を何度も重ねて来たが、今回の光カートリッジとの出会いは、かつての驚きを超えて、衝撃的な未曾有の体験をもたらした。新たな音に接する度、すべてのＣＤやレコードを聴き直したくなるのが、オーディオマニアの常だが、私も今度初めて、全レコードを聴いてみたくなった。

その最初に選んだレコードが、井上陽水氏の日本初のミリオンセラーを記録したアルバム『氷の世界』だった。あの頃私は毎日「窓の外ではリンゴ売り♫」と、井上陽水氏の唄を聴いた。『心もよう』『帰れない二人』等々、毎日聴いた。当時それなりのオーディオコンポを自分で選び、システムを形づくっていた。

所詮アパートで鳴らす音なので、小ぢんまりとしたシステムで、レコードプレーヤーも再生できるだけで、音の善し悪しを云々するほどのモノではないことは当然のことで、僅かな音量でスピーカーから出て来る音をひたすら聴いていた。その時はいい音だった、と記憶している。

その頃聴いていた音を記憶の中で再生して、本番では、光カートリッジの音に対峙した。光カートリッジの音は、記憶の中の陽水氏の声を吹き飛ばしてしまった。

記憶の音には似ても似つかない、異次元の唄声だった。

音の美しさは、その時、心がイコライジングして、唄の詩、その時の聴く人の自我や状況と情況によって加工され、果ては人生の生き様によって、その音を聴いているのだ。

当時の私は、二十四歳で一区切りをつけて、自称「余生」を送っていた時期であり、メランコリックに、そしてノスタルジック、更に、センチメンタルな情緒を音に投影して、自分が創り出した、ヒロイックな悲しい音に仕立て上げて、その音に浸っていたのだ。

それに気付かせてくれたのが、光カートリッジの純粋にして、歪のない、定位の良い、透明な音色を、唯々受け取って聴くだけの私を、あからさまに暴き出してくれた本当にノイズのない澄み渡るような音は、人を唯その音を甘受するだけの、そして音を享受するだけの何も無い、空っぽの私にしてくれる。

又しても私は「無」になった。光は永遠の無に導いてくれた。

八十六葉　時の鏡

人は語る。何を語る。心の裡に秘めた想いを、或いは訴えたいことを、分かって欲しいことを、熱い心情を。

二〇二三年三月二十八日亡くなった坂本龍一氏も、熱く平和を訴え、命がけの作曲と活動を行って、天寿を全うした。志や思いが半ばで、やり遂げることがなくても、人はそれを行動化している限り、最期まで諦めずにやり続けることが、全うすることなのだ。

その意味で彼は、芸術のみならず、人類に対して活動し続けた。それは平和を実現するための一助として自らを投じた。

音楽は聴覚を通した人間の感性と情緒への語りかけであるが、行動は視覚に訴え、知覚を通して考える脳に行き、言語となって思想・主義・理念・概念を創り出し、世界中の人の脳に届く。人種を超えて言語は翻訳されて、その考えを共有できる。五色人種は言語を介して概念で一つとなって、同じ想いと価値観や感動でつながれ、音楽がもたらす国境を越えた喜びを共に味わえる。

生きていることは、幸福感や満足、価値や力を持つことで感じるものではなく、そこはかとなく、心の奥底から湧き上がってくる清流の煌めきにこそ潜んでいるものではないか。

生命は煌めきながら流れている川のように、澄んで、どこまでも透明で明晰さこそ、その本質を表している。時の流れそのものが、川の流れにあり、川は時を映し、光を反射し、自然を映す。川は流れているのに、その自然の景色は動かずにそこにその姿をとどめている。

川は、時の鏡と言える。音楽も一音一音は水滴の連なりが川をつくり、大河となって海に注ぎ、大洋となるように、一音が連なり、重なり合って交響曲となる。

坂本氏は音によって生命を表現した偉大な音楽家だった。

Chapter 6 美

八十七葉　夕日

♫時を越えて君を愛せるか、ほんとうに君を守れるか♫

と小田和正氏の唄が頭の中を風のように流れ、口ずさんでいることが度々ある。

人生の中年期ならばいざ知らず、晩年になると愛する対象は一つ一つ消え、守るべきものも一つ一つ失っていく。人は無一物になっていくだけの時を過ごしているだけの虚しい存在である。

が、そんな無に帰するだけの人生に何か一つぐらい遺せる確かなものはないだろうか。永遠不滅なものを求めたくなる。常住不変なものはなく、すべては生生流転し流れ去っていく。時は現象を運ぶ、気紛れ伴走者だ。

結局常に寄り添ってくれる友は、居るのだろうか。片時も離れず傍に居てくれる存在はあるのだろうか。それは掛替えのない友人である。共に語り合い、切磋琢磨し、共に向上し、成長できる友がいるなら、それは幸運な人生と言わざるを得ない。

それは青春時代に不可欠な存在である。それは、天才数学者A・チューリングの友C・モーコムの様な存在である。

しかし十八歳で友は死に、チューリングは終生孤独のままだった。彼は人工知能を考えた創始者である。最期は精神病院で自殺してこの世を去った。享年四十一だった。天才か凡夫かに関わりなく、人は与えられた体と知と時代を生きて行かざるを得ない。立ち止まることなく、その終焉の時まで、歩み続けなければならない。太陽が西に沈んでいく様に、人は闇に向かって歩んでいる。

二十七歳の夏、私はカーフェリーのデッキに立ち、沈みゆく太陽を、赤々と燃える空の夕焼けと、その太陽にカメラを向けていた。出版する本の表紙を飾る夕陽を撮りに行った取材旅行のワンシーンである。山や谷、川に沈む夕陽を撮っていたが、ベストショットに出会えず、到頭帰路のカーフェリーに乗っていた。その海を滑るように進む船から眺めた夕陽こそ、私が求めていたそれだった。刻々と空の色を赤く濃く染めていく夕陽を撮りまくった。その夕陽は古代人も、平安人も、江戸の人も、そして今も見ている太陽である。

時が止まり、それこそ、今見ている太陽こそ確かなものである、と気付いた。その時、宇宙誕生から四十五億年の時が、一瞬という永遠の中に閉じ込められた。その時、私は永遠と一つになり、最高の友を得た。

八十八葉　空と海

海の無い県に産まれたからなのか、何故か海に惹かれる。潮騒や、潮の香り、砂浜のサクサク感、何もない水平線と空だけのシンプルな構成の風景の中に、一切の人工物がない、その空と海だけの構図に惹かれる。

統一感のない自然と人工物の組み合わせの日常風景は、心を無機質にしてしまう。純粋な空と海だけの景色は、色も単調で、眼が休まる。そして心もしばしの休息を得る。

現代生活は、人工の光と音の造形の不連続性に、心は疲れる。それをヨーロッパ人は知っていたのか、特にフランス人は、都市造りをすべてシンメトリー（対称）にした。

通りを境に左右が対称で、建物は同じ高さで、庭はシンメトリーの幾何学模様で、最初はいいが、数日もパリに居ると、余りの統一感と論理的、数学的な理性的街に、辟易してしまう。

日本の庭園はヨーロッパのそれと正反対に、そのシンメトリーを全く排除した、不連続とアンバランスの構成美である。言うに及ばず、京都龍安寺の石庭はその代表的なものである。その背景の自然の山や木までも包含し、庭の区切りすら、自己矛盾的に溶けこませてしまう。

庭が個でありながら、全体の一部であり、その一部でありながら、完全な個である。この二律背反の具現化こそ、日本の美学であり、日本人の思考・論理なのである。民族意識にもそれが反映し、あの悲惨な第二次世界大戦の折に、国が掲げた「一億玉砕」思想に顕現された。

二律背反は到る処にある。本音と建前、表と裏、儀礼と本質、そして、伊勢神宮の二十年に一度の遷宮。それは、本宮はオリジナルであり、コピーなのである。こんな文化は世界中何処にもない。文化と技術の伝承のために、二十年に一度、壊され、又新しく場所を変えて、そっくりそのまま建てられるのである。

私という自己もこの矛盾を孕んでいる。社会という全体の一員であると同時に、誰も私の代りができない唯一絶対の個人である。個人を主張すれば、社会に所属できず、社会に従属すれば個を失う。私が私自身であろうとすると、この存在論的二律背反に出会ってしまう。

これを回避する術は、引きこもりしかない。或いは、出家するしかない。この世に聖も俗もないが、あるのは唯一、全体と個である。敢えてこの対立を換言すれば、前者が俗で、個が聖になる。

そして社会は海で、私は空になる。

八十九葉  詩

二〇二一年三月のある日の朝刊に、「二〇三五年にガソリンエンジンの新車の販売を欧州では禁止する」という記事を読んだ。正しくガソリンエンジンの終焉である。ガソリンエンジンが誕生して百年余りで消えてしまう。既存の車は残るにしても、もうあの六気筒の水平対向もＶ８も十二気筒エンジンの咆哮は聴けなくなる。

少し下品な表現だが、ハイブリッドもＥＶも「クソ食らえ」とエンジン愛好家達は口を揃えて言っているだろう。ポルシェもフェラーリもランボルギーニもアストンマーチンも世界工業遺産として博物館行きになるだろう。後十数年でその現実もやって来る。その時私の体も終る頃だ。

この頃ふと想う。「この自分の体にいつまで乗っていられるのだろう」と。体は一つの魂の乗り物に想えてならない。いつまで運転していられるのだろう。私というドライバーは、愛車ならぬ、愛すべき体を失った後、どこに行き、何に乗るんだろうと、ふと考え巡らしている。

肉体はおろか、人類も地球も、宇宙すら消え、何が残るのかと考えれば、そもそも存在（三次元的）とは何か？　の問いが出る。その答えは出来ない。論理も科学も全く人間の知が及ばない世界の出来事だから。

それ故私はこう考えた。今度は、私は私の魂を乗り物にして、次の旅に出ればい

いのだと。それには、魂をポルシェやフェラーリの様に、常に前へ前へと技術の進歩と向上をし続け、進化を止めないこと。それが魂をガソリンエンジン車の技術を進化させ、現在の芸術品ともいうべき人類遺産を創り出させたのだ。

私は私の魂のモデル開発に知を傾けることにした。

その先ず第一歩として、時間軸の過去と未来を捨て、『今』だけにする。そして宇宙の声を聴く。光の先にある、何かを見つめる。そして想う。人間とは何か、を。又しても二十歳の時のあの決意の地点に戻った。そして分析を通して、物質的存在として決して視覚化することの出来ない、人間にしかできない心の営み、それは言葉で想いを創出する表現である、それは『詩』が書けることである。

ＡＩに詩を書くことは出来ない。この心が創出する想いの源は、『愛』である。人間だけが持っている、愛こそが魂なのだ。

九十葉　散華

満開の桜が散り、水路の水面を桜のピンク色の花びらが覆い尽くし、歩道はピンク色に塗り変えられ、辺りはこの世からあの世へと変貌したその道を歩いていると、「同期の桜」の唄がきこえてきた。〝貴様と俺とは…〟と。

私は高校時代、唯一の友人を『貴様』と呼んでいた。今頃はそんな呼び方をしているのを耳にすることはなくなったが、当時我々はそう呼び合っていた。しかし、善く善く憶(おも)い出すと、彼は私を「○○君」と言っていた様な気がする。私だけが、貴様と言っていたのかもしれない。

唯一人の友人は私にとって貴い存在なのだ。何故なら唯一の話し相手であり、理解者だったから。彼は私とは正反対の正義・実直・真面目・穏やかで、何より優しく思いやりのある人間だった。決して怒ることなく、いつもニコニコ笑顔を見せていた。

後年、結婚し、子供をもうけ、幸せな家庭をつくった。然もありなんといった人生を送っている。彼はクリスチャンになり、私は平凡な市井の人となり、各々の人生を生きている。後は黙って散っていくだけだ。桜の花のあの潔さを見習って去るしかない。

日本人の死生観は、切腹や斬首に象徴されるように一思いに、腹を切り、首を落とす潔さの美学は、散り行く花びらに投影され、満開の花の一瞬を刹那として把え、散っていく花に自らを擬えて花を見ているのである。

消え去った花は、再度一年後には同じ時季に復活したかのように、満開の花を咲かせて誇らしそうに風に笑う。そして又散る。正に生と死、死と生の再生を繰り返し、人の死生観を笑うかのように悠久の時のなかで生命の永遠性を語っている。

その声は人の心に届いているだろうか。花の声なき声に耳を傾けると、「寂」の文字が飛んできた。そしてヒラヒラと散りゆく花びらが「寂滅」といっているのが聞こえた気がした。

九十一葉　極意

韓国ドラマ三作目を観てしまった。『ホジュン』に始まり、『王になった男』、そして『カンテク』を。ホジュンは心医で、王は龍になり、そして、カンテクは予知夢をみる人になった。

このドラマの流れが自分そのもので驚いた。もうこの先を観ることはないだろう。ところでこの時代劇でもう一つ驚くことがある。それは、王室の各々の部屋の戸は、すべて自動ドアなのである。王が入る時と、出る時は、自動で戸が開くのである。どんな仕掛があるのかと思ったら、戸係りの専門の娘が左右に配置されていたのである。昔のホテルのドアマンの様に、入る時も出る時も扉は自動で開く。

現代では何処のどんな建物でも大方自動扉である。すると、我々現代人は王や王妃ということになる。

昭和演歌で一世を風靡した歌手が云った台詞が、今でいう流行語になった。それは「お客様は神様です」。ならば、現代人は「お客様は、王様、王妃様です」ということになる。

庶民が王室を憧れたのは、この自動扉だったのだ。その想いは、現代にまで連なり、そして結実した。今や誰もが王室の人間なのだ。

この自己愛の備給を思いついた人は偉大だ。

商売は人を神にし、王にした。そして誇大自己を育てた。その最終形が「おもてなし」である。この言葉を聞くと、私には「表無し」に聞こえる。それは「裏ばかり」と言っているのかと思う。

表は意識で、裏は無意識で、それは精神科学の定説である。おもてなしは、人の心の裏に触れる行為だと言っている。人の裏とは、他者に対して秘かに願い求めている思いを聞きとり、それに言葉と行為で応えて欲しいという甘えである。日本人はこれを「痒い所に手が届く」気のきいた人と言って、誉めそやす。

この無意識的に求める甘えの心をくすぐるのが、日本人の美徳とされている。それは精神療法の極意である。

九十二葉　清流

日曜日の朝は、惑惑しながら目覚める。それは、電流が奇麗でオーディオの音が抜群にいい音になるからである。それは、音の基本は電流が、四国の四万十川のような清流であることなのである。電流の清流には、ノイズ・雑音が混入していない、整流波形が求められる。それを乱し、汚すのはノイズなのである。それに音を汚す原因に震動が加わる。

即ち音は、ノイズと振動によって本来の波形を損なう。外部の影響を一切受けずに、音そのものであり続けない限り、音は本来の美しさを失い、汚れるために、耳に心地良い音を「キレイ」とか「澄んだ」とか「透明な」とか形容するのである。

これはすべて、音をノイズと振動が汚すと視覚的見地からの表現であり、事実耳はその僅かの差異を聴き分けるのである。だから、澄んだキレイな音は、心を洗い流し、キレイにしてくれる。

その事実と効果を狙ったのが、ミュージック・セラピーである。私の行っているミュージック・セラピーは曲の選曲よりも、その音の透明感とノイズのないキレイな音による、周波数帯の曲を優先してプログラムする。

勿論その条件を満たすのは、当然ながら名曲と言われるクラシックの作品に多い。J・S・バッハに始まりM・ラヴェルに至る近代までの作品は、人間という生き物の崇高さを具現化している。

良く言われることだが、バッハの「シャコンヌ」一曲が存在するだけでも、人類は存在して良かったと、たとえ人類が戦争によって滅びたとしても。

曲の美しさは、オーディオの音の美しさとは全く違う。小さなポケットラジオから流れるシャコンヌも生の演奏のシャコンヌも、同じ感動を呼ぶ。聴こえてくる周波数とノイズの美は比べ様もなく生の音が美しいのは決まり切ったことであるが、小さなラジオから流れてくるシャコンヌも美しいのである。

オーディオのない時代、真空管ラジオに耳をつけて、必死に聴いていたW・フルトヴェングラーの「運命」を未だに最も美しいと言うオーディオ評論家もいる。そこにくると、音そのものの良し悪し、ノイズや振動の問題ではなくなる。それは何か。

それは音を聴いているのではなく、その音を耳が足りない周波数を補正して、作曲家が意図した本来の音を、実際には鳴っていない音を聴いているのである。視覚でいえば「痘痕も靨」である。アバタの向こう側にエクボに描き変えて観ているのである。人間の知覚は常に、現実の向こう側に「美」を感じる特異な存在である。

美しき哉人間！

九十三葉  唄う

夜のＦＭ放送で松山千春氏が、地球温暖化について日本の海水温度を二〇二一年六月二十七日放送で伝えていた。北海道で一二・四度を最低に太平洋の東海から四国方面で二六・八度だった。沖縄県は三〇度に至り、地球海水の温度は確実に上がっている。

臨界点が一・五度を超えたらもう気候は元に戻らなくなるらしい。僅かこれだけの温度上昇で地球は壊れてしまうのだ。何ともデリケートで、脆い、繊細な生き物、それが地球なのだ。

深夜放送で青春時代を送った私の世代より少し若い千春氏の拙いしゃべりの放送を聴いていると、彼も歳をとった、大人になったなと、偉そうな物言いになってしまう。恋の唄しか歌わなかった彼が、地球について語ったことが、私には衝撃的だった。

深夜放送の花形は、落合恵子氏である。彼女は今もラジオ番組のレギュラーを持って「絵本」について語っている。相変わらずの、ゆったりとのんびりした明快な口調で、ラジオから長閑に流れてくる。こちらは時が止まっている。

一方では、破滅に向かっていく時の流れを感じ、一方では時が止まり、永遠の青春を生きている。どちらも時の法則なのだ。私はそのどちらにも与していない。私

は私の時間を生きている。

人は皆、自分の時間を生きている。千春氏も深夜放送から現代にまで生き続け、明日を見ている。しかし、彼の唄は今も尚、青春の純愛を歌っている。それは歳を重ねても変わることはない。恋に時代も世代もない。人類が存続する限り、唯一変わらない人間の心、いや時空を超えた魂といえるものだ。

心は時代によって、歴史と文明の進歩によって文化と価値の変容をもたらし、人の心はそれに同一化して変容していく。それは良くも悪くも人間の幸福感に作用する。時代によって幸福の定義は変わる。しかし、恋の歌は、万葉の時代も今も変わらない。ある意味、全く進歩しない人間の唯一の心かもしれない。人間に進歩も進化も要らないのだ。

唯生きていればいいのかもしれない、人に恋して。何も成すこともない。何も考えることもない。何も煩うことも、悩むことも、心配することも、不安にも、絶望にも至ることなく、ただ千春氏のように歌っていればいい。

♪生きたい、人を愛したい、生命ある限り♪と。

九十四葉　グルメ

冬になると憶い出す味がある。それは、山形県寒河江の干柿だ。仙台出張の頃、あるクライアントから頂き、初めてその奇跡の味を口にした。

見た目は極普通の干柿で、さりげなく口にして、一口舌の上に乗せた瞬間、とてつもない、糖度計の針が振り切れて計測不可能と表示されたその甘みが、口一杯に広がり、そしてノドを通り、胃に入り、消化されていくにつれ、その甘味が体全体に広がり、幸福感が全身を覆った。そして至福の時が訪れた。

生まれて初めて知った甘さの極限だった。甘すぎるという拒否反応が全く生じない、純粋な甘味とは、これだと言わしめるほどの、嫌味のない、媚びることもない、唯々、素直に優しく甘いのである。

そしてその果肉の盪けるなめらかな舌触りと無限に広がっていく甘美な柿が口内を支配し、染み渡っていく陶酔に身を任せ、私は至福の時の中で時の経つのを忘れていた。

我を取り戻した時は、既に干柿は一かけらもなかった。至福の時は、須臾の間だった。

忘れられない食体験は、見知らぬヨーロッパの地やアメリカへ旅しても、心に残る食べ物に出会うことはなかった。

二十代に旅した、ヨーロッパの国々、イタリア、スイス、ドイツ、フランス、イギリス、ベルギーなどで、それなりの食体験はしたものの、スペインもそうだったが、美味しい食事はなかった。

食材の持つ深い味わいは、日本食が世界一だろう。ダシやしょう油、塩、山椒などの調味料を絶妙に組み合わせた調理は、日本食以外にその緻密な味を作り出したものを知らない。

日本人はおせち料理に代表されるように、生きるために食うのではなく、目で食べ、語呂合わせの文字と意味を食べ、そして家族の団欒を食卓に並べて共食する文化をつくり、それを食べているのである。

それを本当の美食家というのである。

九十五葉　牡丹

自宅で散髪できないまま、休日に入り、どうにもさっぱりしたくて、十数年ぶりに散髪しに行くことにした。頭皮に生えてる産毛ほどの髪はとも角、眉だけが鬱葱（うっそう）と茂り、眼にまで届き、重く感じるようになったので、限界を知り、掟を破って床屋に行くことを決心した。

全く地理と店に疎いために、ネット検索に頼らざるを得なかった。しかし、これが又問題で、店の数が夥しく、選びようがない。そんな時は、近さと店名で選ぶ。そして、その条件を満たした店があった。「理容店S」だった。季節と店名から判断し、その店にした。

女性理髪師で、マスクしているので年代は判らないが、娘と切り盛りしている処をみると、六十代後半に三十代とみた。流石に熟練された母の手さばきは素早く、無駄な動きはなく、適確に刈っていく。娘はそれに比べると荒く、ぎこちなく、何だか仕方なしにしている仕事だというのが、櫛さばきとハサミの動かし方と音から伝わってくる。

私の注文通りに刈り進められない娘の技をみていた母が素早く交替して、手際良く、私の注文通り、整えて刈り揃えていく。何十年もこの仕事に従事してきた熟練の技術が心地良い、リズミカルなハサミの音と共に、店内に響き渡っている。

そうこうしているうちに、髪のカットは終わり、いよいよ眉に入った。ここからが難問で、私のそれは濃く長く、幅広く、とても整え甲斐のある太く長い眉だった。それを私は細かく短く、切れ長に角ばって切って欲しいと言った。

何度か注文をつけて整ったが、最後眉を全体的に薄くして欲しいと言った。すると、母はスキバサミを持って眉をスキはじめた。そして「私も何十年してきたが、眉にスキバサミを入れるのは初めてです」と言った。

人生いつになっても初めてはあるものだと思った。生きている限り、未経験な事に出くわすことはあることを知った。私もいつもtherapyしていて、もう学ぶことはないだろうと思うのだが、その度、新しい症例に出会ってまだまだだと心改める。

納得と満足のうちに終了し、支払った後に少し雑談していたら、「庭の牡丹が咲いています」と言われたので、早速観せてもらうことにして、店の裏側の自宅の庭に数株咲いた牡丹を観た。

そして石庭に苔むした小高い山の植木の整然と配置された美しい日本庭園をみた。それは主人がつくったという。妻への愛をみた。

九十六葉

神田川

家人が、膝の摩り切れたGパンを穿いていた。それは膝が横糸だけになった隙間から覗けるほど、綻びを超えた哀れな状態だった。両膝共にそうだった。

買い物に行くと言ったので、パンツを穿き替えて行くのかと思ったら、そのまま出て行った。私は驚愕した。何故なら、私にとって摩り切れたズボンの穴は、貧しさの象徴だったから。

妻も同世代の人間だからそれは承知している筈なのに、それがいつからか、その意味を失い、剰えファッションになってしまったのか、その宗旨変えに驚いたのである。

昭和の時代は、物が出廻り始め、豊かな生活と所得倍増に経済が動き始めていた成長期だった。そこには物に恵まれず、物を大事に扱い、大切に愛着を持っていつまでも、その物と共に過ごし、生きることが美徳だった。なのにいつから家人はその昭和の遺産の心を書き換えたのか。

私は私自身、未だに昭和を生きていると実感した。それは今の時代に生きていないことを意味する。その証拠に、私はＰＣに触れることがない。当然スマホではなく、未だにガラケーと呼ばれる旧態依然とした通話とメールのみのものを使用している。それ以上必要ないからである。それで日常は事足りる。

ＳＮＳやＬＩＮＥなど全く無縁である。それ故、今流行している世間の風潮にも無縁である。そんな私が、膝丸出しのダメージパンツなど、容認する筈がない。しかし、家人は時代に合わせて、今のファッションセンスと意味を理解している。私は絶対にそんなパンツを穿くこともなく、貧しさの象徴という意味を書き換えることもない。

私は私の今を、即ち昭和を生きていく。物ではなく心の豊かさを求めて、♬あなたの優しさがこわかった♬を。

九十七葉　感性

セラピールームの駐車場でトランクから荷物を出している時に、後のアパートの敷地との隙間にあるゴミを掃除している白髪の老婦人が声をかけてきた。「素敵な車ですね。いつも素敵な車で来られますね」と。「えっ！　どうして知っているのですか」、「どれも素敵な車ですね」と再度言った。

その素敵という言葉の響きと、車の格好良さをしっかりデザイン的に把(とら)えて、婦人の感性に訴え、格好良いと思わせ、素敵という言葉を発したのだ。いつも私の車をみている、両隣に駐車している若い男女のカップルは、私の車をみているにも拘わらず、全く反応したことはなかった。

自分の車しか見ず、どんなに格好良いスポーツカーであっても車に興味のない人にとってはどうでもいいことで、老婦人の様な感性は全く持ち合わせてないことが、いみじくも判ってしまった。

車の種類や車名は知らなくとも、小学生でも知っている名車に全く興味も関心も、一瞥も投げかけることのない若者達の無関心さに驚く。

かつて駐車場の前の道路工事をしていた作業員の男性が、矢張り老婦人と同じ言葉をかけてきた。矢張りちゃんと見てチェックしていたのだ。「私もスポーツカーは好きで乗ってますけど」と言って、声をかけてきた。

人の関心は各々で、決して注目されたい訳ではなく、唯、全く車など関心のないと思われる老婦人から「素敵な車」と言われた時、美的センスは年齢や性別ではなく、教養と知性が創り出す感受性こそ、人間の品性であると思った。

きっとこの婦人は教養もあり、心豊かな晩年を送っているのだろう。そして、素直に感じたままを言葉にしてしまったのだろう。素敵という言葉は何と素敵なんだろう。

人間は美しさに対する感性と自らの心に映したものを素直に表現して生きていくことがきっと素敵な人生だ。

九十八葉　アンニュイ

私のお昼は駅前のラーメン屋さんだった。1コインで食べられる、昔ながらの中華そばの味で、子供時代、町へ行った帰りの途中の中華屋さんで父と食べたラーメンの味に似ていたのかどうかは定かではないが、とてもノスタルジックな味に感じられたので、時々食べに行っていた。

しかし、その店の汚さは半端ではなく、数十年の油が壁や天井に黒く染み込んで、年季を感じるこびりついた油であることは一目瞭然で、そこにこの店の歴史と店主の想いが、垣間見える。

店主は齢六十を越えていたと思う。何とも気の抜けた、見るからに仕事への意欲もなく、だるそうに客の応待をし、そっけなく突き出すラーメンの丼をみるに、店主の仕事に対するアンニュイが漂ったラーメンをするのだが、味はその見掛けに反して、全く美味しいのである。このラーメンの特徴は、毎日具が違うのである。

即ちトッピングされる食材は、その日材料の余りによるものに影響されていることは明らかである。何故なら、鳴門がなかったり、チャーシューが二枚入っていたり、青梗菜が乗っていたり、およそ普通のラーメンにはない食材が乗っかっているのである。

ある時、いつものようにお昼を食べに行ったら、奥さんが真っ暗な厨房で中華ナべを振っていた。店主は体をこわし入院しているとのこと。遂にそうなったか、これでこのラーメンともさよならかと思ったら再起復活して、又、ラーメンをつくっていた。味も変わらなかった。

いつものように予想外の具が乗り、素早くラーメンが出てきた。座った途端にラーメンが出てきた。何故か、それは出前用の箱に入っていたラーメンを私の目の前に出したのである。彼のアンニュイは健在だった。

九十九葉　五平餅

紅葉を観るのとワインディングを走りたくて、ビーナスラインへ行く。オープンにして爽快に走る。

枯葉に被われたベージュの草原と白樺と黄色に彩られた木々の群れがあちこちに散在する風景は、そこはかとなく広がり、真白なセンターラインの先を走るラインに導かれながら、高原の空気を胸一杯に吸い込み、空を見上げ、ステアリングを右に左に切り、車は地面に貼りついた様にスムーズにラインをトレースしながら、横Gを心地良く揺りカゴの中に居るようなのびやかな心で風を受け、一幅の絵画の中を走った。

このままずっと走り続けていたかった。しかし、時は無情にも終わりを告げる。

頂上に在るドライブインに寄って、お目当ての五平餅を食べた。木曾まで行き何故五平餅を食べたかといえば、今を去る事四十数年前に食べたそれが忘れられなかったからである。長野ドライブの最大の目的は五平餅を地元で食べることだった。

私はかつて雑誌の編集者だったころに、木曾へ取材に行き、その折、ある人の家に寄ばれ、そこでおばあちゃんの作った五平餅を食べ、クルミ味噌和えのその甘さの虜に、一瞬にしてなってしまったのである。一目惚れならぬ、一味惚れである。

そしてその五平餅を食べてから四十数年の月日が流れ、その味に恋い焦がれながらも、一度も口にすることはなく今日に至った。

それがふと長野へ行こうと思い立ち、その遠い記憶の片隅にひっそりと静かに仕舞われていた味が、突然彷彿と湧き上がって来たのである。その時、あの味にもう一度逢いたいと思った。そして車を走らせた、長野へ向けて。

その取材は、木曾の山から「御神木」を切り出す場面を撮るものであった。どうしてその檜が御神木であると見抜いたのかは定かではないが、それが神宿りし木であるとどなたかが決めたのである。

私にしてみれば、あの餅こそ「御神餅」である。神前に捧げたいご供物である。それを作ったおばあちゃんはきっと女神だったのであろう。生きていれば百二十歳を優に超えているであろう。あの味は伝承されているのだろうか。

神は木にも餅にも、そして人にも宿っていることを、あの餅は教えてくれていたのだ。

Chapter 7 家族

百葉　苔落とし

森の中の詩涌碑庵は、数年を経ずして、外壁に苔が生えて、緑色の帯で囲まれてしまう。この清掃は、高圧洗浄機で自らが行う。小さな家とは言え、ぐるりと洗浄するには、それなりの時間と労力が要る。覚悟して、休日それに臨んだ。

二代目洗浄機は数年前に一度使った切りで、果して正常に作動するか心配だった。いざスイッチを入れると、それは杞憂に終った。作業は無事終了し、腕と腰の痛みと、ほぼ全身びしょ濡れ状態で、片付けることになった。

実はこの洗浄機を一まとめにして、箱に入れることが一苦労なのである。ホース類など、いい加減にまとめておいても差支えないのだが、その時、おやじの顔が浮かんだ。

普段、全く父親のことなど憶(おも)い出すことはないが、その時は何故か浮かんだ。それは、農機具修理を生業としていたおやじは、工具類や機械に対して、大事に接していた幼い頃の記憶があった。

キレイにしてくれた洗浄機への敬意と愛着を持て！　とそうおやじに云われた様な気がして、丁寧にホースやコード、本体をキレイに拭いた。

道具・工具を大切にするのは職人の基本だが、そんな当り前の事に気付くのに、多くの歳月を要した。自分でやらずに、すべて他人任せでは、到底気付くことは出来ない。自らの体を使い、汗だくになって初めて、対象と対話できるのである。

日頃、人とだけ接触している身にとって、機械や物に接することは少ない。余りにその機会が少なく、私はいつしか人と物との対話を忘れていた。

おやじは農機具を通して、そのエンジン、機械音、オイルの色や臭いなどと対話していたのである。だから、音を聴くと、その故障箇所が、即座に解った。それはメカニズムを知悉していたからである。そして経験によるデータが数多く蓄積されていたからである。私でいえば臨床体験の豊富さが、診断能力を高め、ほぼ僅かな時間と言葉で、心の構造と病理の心的因子が解るのである。そのノウハウは、膨大なデータの裏付けがあって、初めて成立するものである。それは、おやじは機械への愛着と、私はクライアントへの信頼に於ける対話の結果なのである。

おやじは、私に特別な教育はしなかったが、物との関係において、対象への愛と対話を教えてくれていたのである。

百一葉　天日干し

那須の詩涌碑庵に来ると、よく空を見上げる。空は青く、雲が流れていく。巨大なグレーのＵＦＯの様な雲や、ホットケーキの様な丸いベージュ色の雲や、その後にカニや、亀や、竜などを従えて、流れていく。

眼に入るのは、空と雲と木々の緑だけ。そこに、稲刈りの後の切り株から発する藁の匂いが、優しい風に運ばれて鼻孔をくすぐる。ああー、秋だ。ここには人工の物は何一つない。

人は年をとると言うが、事実は齢を重ねて、木の様に知の年輪を重ねているのである。自然は変化しているのであるが、その単位が千年、一万年、一億年であるために、百年しか生きられない人間にとってそれは不変だ。

農家に育った私は、稲刈りの季節には、広い庭に何枚も広げられた藁のふとんの天日干しの籾を憶（おも）い出す。農業はまだ全く機械化されず、すべての作業は人力に依った。一株一株鎌で切り、籾を天日に干し、唐箕で選別し、俵を作り、それに詰めて出荷した。すべて人力で、行なわれた。作業は単純で、唯同じことの繰り返しで、頭を使うことは必要なかった。体力だけが必要だった。

この時私は何故ではなく、工夫を学んだ。いかに楽して効率良く体を動かし、短時間で終わらせるか。それだけを考えて作業した。

結論は、どんなに効率良くしても、結局時間はかかり、体は疲労するということだった。それから、考えない事にし、頓目の前の事を片付けることに専念した。その事で私は、百姓仕事は、唯コツコツと根気良くやり続けることでしかないと悟った。それは後年分析の勉強に生かされた。三十年以上未だに、同じ本を読んでいる。唯読むだけで、技術も勉強の仕方に進歩も進化もない。

しかし、文明科学は年を経て進歩し、労働力だけが頼りだった農業は、今や自動運転のトラクターや、コンバインすら実用化される所まで進歩した。結局何も考えないで作業する、私の昔の作業と全く同じだ。唯、一つ異なる処がある。それは無心になって体を動かすという、悟りは得られないことである。

今は、スイッチをONにするだけで、後はマシンがプログラム通りに間違えることもなく、怠けることもなく、唯黙々と作業する。その電源がOFFになるまで。

すると人間の役割とは何だろうか。

思考はPCが代りにして、作業はロボットがして、設計も開発も管理もPCがし、人は唯それをモニターしているだけの、PCの添え物になってしまう。

私は考えないから、考えることを学んだ、それは実は、おやじが、良く「考えろ！」と言ったからだ。今もその声がリフレインしている。

百二葉 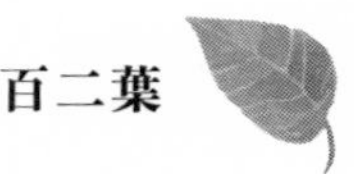 玉子かけごはん

人には一つや二つ「一生分〇〇した」と言えるものを持っているだろう。

私は小学四年までに「一生分の玉子かけごはんを食べてしまった」のである。以後、今も尚、旅館の朝食に出る生玉子は、いつも目玉焼きかスクランブルにしてもらう、わがままな客になってしまった。本当に今後も玉子かけごはんを食べることはない。

一生分の苦労したとか、勉強したとか、遊んだとか、何かしら自分で区切りをつけてしまっている事がある。

唯、一つ区切れない事がある。それは幸せな時を迎えている時である。幸せを中断したいと思う人はいないであろう。

しかし、幸せな蜜月は長く続かないもので、否が応でも日常に戻される。どんなにファナティックな時も、エクスタシーも、瞬く間に消えていく。それなのに、逆境や苦境、不遇な下積時代や、日の当たらない冷遇の時期は長く続き、いつ晴れるとも、判らず、光差すトンネルの出口は見えない時がある。

それでもじっと耐えて、雪の下の草花のように春の来ることを待つ。それを忍耐というが、それを支えているのは、春が来て、陽光を浴びるシーンを想い浮かべる想像力ではなく、雪の重さと冷たさとに自らを一体化させている甘受である。今あ

る我が身の境遇を是として、それと一体化し共に生きていくことが、人の一生である。これにやり尽くしたということは無い。玉子かけご飯のように、一生分の決まりはないのである。

人生を区切るのは、やり尽くした時である。あるいは目標を達成してしまった時である。新たな目標を、新たな目的で構築できた時、人はそれをスタートラインとして、再度人生を生きることができる。

苦労は買ってでもしろ、とよく親に言われたが、苦労が人を育て、幸せにすると知っていたから、そう言ったのだろうか。今の私は、その言葉を子孫に言うことはない。言うとすれば、「砣砣（こつこつ）と自分の成すべき事をする」それが、人生で最も基本的生き方であると言うであろう。

努力、勤勉、真面目、それも必要であるが、砣砣と生きる。それが百姓魂である。それを私は両親から学んだ。

百三葉　神の使い

兄の高校入学のお祝いに、我が家に大きな荷物が届いた。

それは見たことのない、大きな左右一四〇センチで高さ七〇センチほどの家具のような箱型のステレオだった。左右から違う音が出て、音が空間的に広がり、そこにステージがあるかのように立体的に聴こえた。

特に驚いたのは、レコードを数枚重ねて置き、演奏が終わると、トーンアームが自動で戻り、レコードが上から落ちて再度、アームがレコード盤に落ちて再生を始める。これが有名なガラード社のオートチェンジャープレーヤーであった。連続再生ができる、ジュークボックスのように、音楽が次々溢れ出てくる。

兄は、それを祝いにねだったのである。私はそれまで、ステレオの存在を知らなかった。兄はどこからその情報を得たのか、私はこの兄のお陰で、オーディオの世界に足を踏み入れることになったのだ。

それ以降、兄はステレオに凝り、次々と新しいオーディオ器機を買い揃えていった。そしてその度に音がリアルになり、生の音に近づいていく、魔法のような体験をした。私はそれを聴くだけだった。次はどんな音になるのかワクワクしながら待っていた事を憶（おぼ）えている。

そんな兄も既に他界し、後年兄はオーディオから株に転身してしまい、オーディオの趣味は、私が引き継ぐことになった。唯私は音を良くしたい器機のオーディオ狂ではなく、クラシック音楽をいい音で聴きたい、音楽狂だった。

名曲を、特にJ・S・バッハのマタイ受難曲とロ短調ミサを荘厳に響かせるステレオにしたかった。それが平成元年から始まり、今日まで続いている。一度この世界に足を踏み入れたが最後、もう脱け出す事は出来ない。一生そこから足を洗うことは出来ない。音にはそんな魔力がある。

オーディオの魔力はそれだけではなく、一つ一つの器機が軽自動車並の値段がする。必要な器機は、プリアンプ、CDプレーヤーにパワーアンプと最小限必要だ。システムは使いこなしが決まり、音はその人の人格を表わす。音づくりに、その人の品格と哲学と情熱と美学が表われる。

いわばオーディオは人生そのものである。マニアは自分の音づくりに、生命がけで立ち向う。その姿は求道者のようで、鬼気迫るものがある。兄なくして私は人生の愉悦を知らずに送ることになったかもしれない。人真似は絶対したくなかった私が、唯一まねたのは、兄のオーディオ趣味だった。

奇跡のように我が家に届いたあのステレオは、私に生きる醍醐味をもたらした、神の使いだったのかもしれない。

百四葉　父の夢

テーブルの上一杯に、方眼紙が広げられている。

それは、家の間取図と立面図だった。おやじが得意そうに押し入れの奥から大事そうに取り出して来て、広げて見せたものだった。

これが家相通り、すべての吉方を使って設計したものと言いながら、満面の微笑をたたえていた。棟の違う部屋を廊下でつなぐ平屋で、相当な敷地を要するが、幸い田舎で宅地は余裕があり、おやじの夢の理想の家は、お金さえあれば実現可能であった。

しかし、悲しいかな、その資金は全くなく、本当に夢のマイホームであった。それでもおやじは、直ぐにでも建つような口振りで、何の根拠も無い自信で、ほぼそれは間違いなく実現すると確信しているように見えた。

私には、唯の暢気な戯れ言にしか聞こえなかった。それは、小学校低学年の時の事だった。その後その図面を見ることはなかった。

おやじは少し変わり者で、方位学に興味をもち、百姓しながら、若い時に、その方面の師匠に学びに通って、それを修得し、占い師紛いの事を、近所の人相手に、お金もとらず趣味でしていた。家相、引っ越し、新規事業や結婚の日取りなど、吉日をみてやっていた。

私もいつしか門前の小僧習わぬ経を読むで、暦の見方など、九星の意味など、憶(おぼ)えてしまった。そして、自分の人生の節目に、その暦をみて、するようになっていた。

さて、家のことだが、おやじの夢はひょんな事から叶うことになった。それは、近くに国道のバイパスが通ることが決まり、その中心地に我が家の一番広い土地が、引っかかったのである。そのお陰で、おやじの常識はずれの理想の家が建つことになった。時にあの設計図を見せられた、十二年後の、私が二十歳の時だった。

そこに私は二年間住んで、家を後にしたが、僅かでもおやじの夢の中に居た。

後に私は、晩年のおやじに渾名をつけた、「天下泰平」と。何とも楽天家で、良く言えばプラス志向で、母親の心配症と対蹠(たいせき)的で、能天気だった。そのおやじを真似たお陰で、私もプラス志向なのかもしれない。

とまれ、おやじの家の図面から、いつかは夢は叶うものと学んだ。多くの人がそれを体験しているが、私はそれを目の当りにしたのだ。

それから、私も夢を持つことにした。そして、そこから私は一つの真理を得た。それは、「思考は物質化する」。この言葉を父の仏前に捧げたい。

百五葉

白い煙

母親は朝早くから、そそくさと家事をこなしていた。あれこれ事を片付け、自転車の荷台に大きな紙袋を幾つか重ねた風呂敷包みを、くくり付けていた。私はその隙間に乗せられて、母親にしがみついて、自転車は動き出した。年に何回かの里帰りだった。小学校に入学前後の頃であろう。

砂利道のゴロゴロした石の上を、ガタガタと自転車は不安定な足取りで、四キロ離れた実家を目指した。何度か通った道なので、少しばかり見慣れた風景があり、近づいてきた印の建物が目に入った。それは火葬場だった。子供心にそこがどんな所なのか判っていた様な気がする。煙突から立ち昇る白い煙が、実家が近いことを告げていた。

漸く私は過酷な振動から解放される安心感を取り戻し、母親は私とは別な解放と安心の場に辿り着いた、しあわせそうな顔をしていたことだけは憶(おぼ)えている。心の中で呟いた「よかった」と。

それから先の事は何も憶えていない。実は大きな家の二階が蚕を飼っていた養蚕場であり、桑の葉を食べさせる手伝いをした。ムシャムシャと蚕が桑の葉を食べる合唱が響いていた。母は何をしていたのだろう。夕方になり、暗くなる前に暇(いとま)して、又あの過酷な道を母にしがみつきながら帰った。

人は死ぬと燃やされる事をその時知った。死と火葬と母のしあわせな顔が一つになって、私の記憶の一幅の絵になっている。数十年経った現在は、火葬場も新しくなり、母、父、そして兄とそこで見送った。当時の面影は全くなく、母の実家も建て直され、全く別な家になっている。

時は記憶を無効にしてしまう。次第にその絵は色褪せて、消え入りそうなまでに、仄かな輪郭だけを残しているだけになってしまった。そしていつかは白いキャンバスになるのだろう。

二度と描かれることのないキャンバスは、時に呑み込まれ、そして闇に包まれて、あの煙突の白い煙のように、宇宙に紛れ込んでいくのだ。

百六葉　上書き

休日のドライブで、良く立ち寄る所がある。それは一般道に日本全国、あちこちにつくられた、高速PAの様相の「道の駅」である。

ある日、ふと立ち寄った道の駅の、地元野菜販売所を覗いていたら、販売の女性が「朝一番、皆様が鼾をかいて寝ていた頃に採ったアスパラだよ！」と連呼していた。余りにその呼び声が自信ありげで、本当に美味しいのかと思い、つい二束買ってしまった。実は、本当に美味しいアスパラを食べた事がなかったので、一度食べてみたいと常に思っていたので、ついその売り言葉に乗ってしまったのである。

美味しいアスパラとは、水水しくて、シャキッとした歯応えのある、瑞瑞しい茎から染み出てくる甘いアスパラの髄液が味わいとして口一杯に広がる、爽やかな満足感である。その至福の時をもたらしてくれるアスパラを美味しいというのである。私はその売り子の言葉に賭けた。結果は、本当に想像していたアスパラそのものだった。

コマーシャルの真髄は、連呼である。選挙もしかり。

人の脳に文字を刻む、最も有効な方法は、繰り返し同じ言葉をきかせることである。

すると人は、記憶の文字群に、リフレインしてくる言葉を文字にして、上書きしてしまうのである。それが正しいかどうか、価値があるのかどうか意味があるかどうかの一切の吟味をもなしに、自動的に上書きして、覚えてしまうのである。だから、「読書百遍、義自ずから見る」という。私はこれを親から「読書百遍、意自ずから通ず」ときかされ、覚えた。

私はそれをこう解釈した。馬鹿でも百回読めば、意味は水が湧き上がってくるように判るものだと。

私はその通り、読んで判らない本を、理解しようとせめて唯々読んだ。その本が『精神病の構造』藤田博史著である。

どうして百回読めたかは、それは文章がとても美しいメロディーのように、読んできこえたからである。

百七葉　宇宙旅行

雪が降ると憶(おも)い出す事がある。これまでの人生の折節に雪が降っていた。

高校入試の日、大雪だった。一九六八年だろうか、その頃の記憶だが、私は地元の高校ではなく、汽車で一時間半もかかる池袋にあるS高校を受験した。志望動機は東京に行きたかった、唯それだけで、それとS高校の名前に惹かれて選んだ。

当時は機関車が客車を引いていく列車で、出入口は前と後と二箇所あるだけで、それも狭く乗り降りは至難を極めた。ほぼ鮨詰め状態で、赤羽まで行き、そこで乗り換えて池袋で下車して一～二分の所にある、校庭のない古めかしい木造校舎だった。大雪の受験日に父親が付き添ってくれた。車中何を話していったか、全く記憶にないが、隣におやじが居たことは確かだ。頼んだ訳ではなかったと思うが、おやじが自主的にそうしてくれたのか、今となっては確かめようもないが、どこか安心し、心強い想いで試験に臨んだことは記憶にある。

そのお陰かどうか、S高校に見事合格し、大金の入学金を払い、めでたく私の東京通いが実現した。埼玉の片田舎から毎日花の大都会、東京に行けることは、当時の私にとっては宇宙旅行に等しかった。

目眩(めくるめ)く都会のネオンと雑踏の中を一人で闊歩する私は、それだけで英雄だった。デパートは東に西に、新宿、渋谷、秋葉原などなど自在に歩き廻った。そして映画を観たり、ボウリングしたり、ひたすら遊び廻った。

それは私の宇宙旅行だった。今はその輝いていた星も唯の巨大な建造物が集中しているどこか石塔が櫛比（しっぴ）する墓園のように見えて仕方ない。

ハワイの霊園は公園の中にある。緑が広がるなだらかなうねりを波のように広げた、閑静で爽やかな風が吹き通る、小高い丘にある。死者が自然と共に在り、生きとし生けるものと静かに対話している。木々の葉が風で小さな声を上げる。「HAPPY」「ENJOY」「PEACE」と、時折鳥の鳴き声も混じる。ハワイは、確かに地上の楽園かもしれない。

そして、ここも一つの宇宙かもしれない。地球上にまだ未知の場所はいくらでもある。私は生まれたこの星の全容も知らずに終わる。

しかし、この宇宙の、しかも銀河の片田舎の太陽系の一つの惑星に、人間として漂着した私は、そもそも宇宙旅行の途中下車なのかもしれない。

これから向かう次の星はどんな星なのかと思いを馳せる時、今度こそ平和で平穏な、共に生きられる花一杯の楽園に辿り着き、メルヘンチックな第二の人生を歩みたいとは、露ほども想わない。目指すは、二度と生まれ変わらない事である。

百八葉　死守

ワールドカップ二〇二二がカタールで十一月に始まった。日本はドイツと初戦で当った。私はどう考えても格が違いすぎて勝機はないと諦めて、観戦すらしなかった。ところが翌朝TVをつけたら、狂喜乱舞している日本サポーターが映し出されていた。何が起きたのかは、テロップを見れば直ぐに判った。

「日本大逆転」「ドーハの悲劇はドーハの歓喜」に変わった、と画面一杯に文字が埋まり、その勝利の衝撃を、文字の大きさがそのまま示していた。その時日本はワールドチャンピオンに何度も輝いたスーパースターチームに勝った。それは相撲で言う番狂わせである。

格付けはそのまま力の差を表し、平幕はどちらにしても横綱に勝てる訳がないという、それは唯の思い込みでしかない。その事を私は知り、忸怩たる思いに駆られた。思い込みは絶対に持つな、常に初めてと思い、クライアントと向き合えと言いきかせている私は、その思い込み、予見を持ってしまったのである。

人にはそれが出来るが、事、勝負と力の世界においては、それを排することは、奇跡やまぐれを信じることになるので、過去のデータとランキングに頼り、日本を見捨ててしまった。ところが事実は、彼らの身体能力と気迫がどれだけのものかへの無知が、未来を過去にして、敗けるにしてしまった。

ドイツによる怒涛のシュートラッシュを見る限り、力の差は歴然であった。しかし、そのシュートもゴールキーパーが居るので、それをはじき返す限り、得点を与えることはない。十八秒間に四発のシュートは凄まじかった。それを悉く防いだのは権田修一選手だった。その姿を見て私は「守る」とは、何を守るかの問いが生まれた。

彼は守るべきもの、それはゴールで、その後ろにある何か。それは家族だと思った。彼のプライバシーは全く知らないが、必死に守り続けるその姿を見て、人は、守るべき何かがある時、それを生命がけで守るのだと、彼は身を以って示した。それは「死守」だった。

あとがき

二〇三〇年代には北極海の氷がすべて溶けてしまう、という記事を毎日新聞（二〇二三年六月九日）で見て、この地球と人類の未来に思いを馳せない訳にはいかない。それは憂いでも絶望でもなく、人心の荒廃の成れの果を見る。その様は、文明は滅びる、というフレーズが現実となった人が誰も居ない爆撃で壊れたウクライナのビルやマンションの瓦礫の山である。文明の末路は、というよりも人間の欲、それも私利私欲の末路は、すべて無に至るということである。

人類はその私利私欲で自らの咽を締め、今ウクライナ戦争の爆音は断末魔の叫びなのである。神の振ったサイコロの目は、「生」ではなく「亡」であったことが、今現在、証明されてしまった。

温暖化の戻れない一・五度にあと僅かである。

地球の定員七十二億は夙に超えている。化石エネルギーも枯渇する。人々はタブレットやＰＣ、スマートフォンでしか交流できず、人間関係は二次元に退化する。

本来は、人間は三次元から四次元へと進化するためにこの世界が創造されたのに、神の意に反して、人類は退化を選択した。まるでクライアントのようだ。私は言った。クライアント、否人間は二種類しかいないと。それは一つ「幸せになりたい人」と一つ「不幸になりたい人」である。人類は正に「不幸に、絶滅に至りたい種」だったことになる。

私はその時を見なくていい幸運を頂いたが、これから生まれて来る子供達は、何と悍(おぞ)ましい世界を見ることだろう。

私は叫ばずに唄いたい。J・S・BACHのカンタータ「主よあわれみたまえ」を。これが私の白鳥の歌である。P・カザルスは国連の会議場で「鳥の歌」を演奏し、世界平和を願った。その音は天空に響き渡って、この地上に降りることはない。

【初出一覧】（ブログ「精神分析家の徒然草」より）

一葉	縁	二〇二〇年六月十六日
二葉	幸せの基準	二〇二〇年六月二十三日
三葉	同行二人	二〇二〇年六月三十日
四葉	私淑	二〇二〇年七月二十一日
五葉	城跡を吹き抜ける風	二〇二〇年八月四日
六葉	引っ越し	二〇二〇年九月二十二日
七葉	世間体	二〇二〇年十一月三日
八葉	人間の証明	二〇二〇年十一月十七日
九葉	深夜の初詣	二〇二〇年十二月二十九日
十葉	見えない糸	二〇二一年一月五日
十一葉	年の始め	二〇二一年一月十二日
十二葉	風を運ぶ	二〇二一年一月十九日
十三葉	ＮＥＸＴ	二〇二一年二月二十三日
十四葉	青空	二〇二一年五月二十五日
十五葉	言葉に出来ない	二〇二一年六月八日
十六葉	国境は無い	二〇二一年六月十五日
十七葉	讃美歌	二〇二一年八月十日
十八葉	草刈	二〇二一年九月八日
十九葉	初物	二〇二三年一月二十五日
二十葉	幸せな時間	二〇二三年三月二十二日
二十一葉	Fantasize	二〇二三年五月三日
二十二葉	未体験	二〇二三年六月十四日
二十三葉	命名	二〇二一年五月十一日
二十四葉	心の友	二〇二一年十月二十日
二十五葉	お互い様	二〇二二年一月二十六日
二十六葉	大和魂	二〇二二年二月九日
二十七葉	神はサイコロを振った	二〇二二年四月六日
二十八葉	絶滅の諺	二〇二二年四月二十日
二十九葉	心の遺伝子	二〇二二年五月四日
三十葉	進歩と進化	二〇二二年七月十三日
三十一葉	コロナ	二〇二二年八月十日
三十二葉	学ぶ	二〇二二年九月二十一日
三十三葉	悼む	二〇二二年十月五日
三十四葉	笑えない	二〇二三年四月十九日
三十五葉	私の見た青空	二〇二三年五月三十一日
三十六葉	静寂の蛍	二〇二〇年七月十四日

三十七葉	儚き夏	二〇二〇年八月二十五日
三十八葉	通学路	二〇二〇年十二月一日
三十九葉	草の花	二〇二一年二月九日
四十葉	鳥のうた	二〇二一年六月一日
四十一葉	命の叫び	二〇二一年七月二十七日
四十二葉	一瞬を生きる	二〇二一年八月二十四日
四十三葉	愚行	二〇二一年八月三十一日
四十四葉	不夜城	二〇二一年九月二十二日
四十五葉	秋風	二〇二一年十一月三日
四十六葉	遠雷	二〇二一年十二月二十九日
四十七葉	何処へ?	二〇二二年三月九日
四十八葉	詩人	二〇二二年六月一日
四十九葉	さりげなく	二〇二〇年七月七日
五十葉	遺書	二〇二〇年八月十一日
五十一葉	絶対はない	二〇二〇年十月六日
五十二葉	免許更新	二〇二〇年十月二十日
五十三葉	天空の座禅	二〇二〇年十一月十日
五十四葉	福は内	二〇二一年一月二十六日
五十五葉	飛梅	二〇二一年二月二日
五十六葉	永遠の恋人	二〇二一年二月十六日
五十七葉	ビッグバン	二〇二一年三月三十日

五十八葉	それ	二〇二一年四月六日
五十九葉	好き	二〇二一年四月二十日
六十葉	24時間	二〇二一年五月十八日
六十一葉	幸運	二〇二一年六月二十二日
六十二葉	邂逅	二〇二一年七月六日
六十三葉	挨拶	二〇二一年七月十三日
六十四葉	試金石	二〇二一年八月三日
六十五葉	コメント	二〇二一年八月十七日
六十六葉	飛地	二〇二一年十月六日
六十七葉	声明	二〇二一年十二月一日
六十八葉	営み	二〇二二年三月二十三日
六十九葉	梲	二〇二二年六月二十九日
七十葉	心の旅	二〇二二年八月二十四日
七十一葉	今は	二〇二二年九月七日
七十二葉	留まる	二〇二二年十二月十四日
七十三葉	騙し	二〇二二年十二月二十八日
七十四葉	自己の喪失	二〇二三年二月八日
七十五葉	融通無碍	二〇二三年三月八日
七十六葉	時代	二〇二三年五月十七日
七十七葉	ブルーシャトウ	二〇二〇年七月二十八日
七十八葉	泥沼	二〇二〇年八月十八日

七十九葉　侘び　二〇二〇年九月八日
八十葉　歓喜の歌　二〇二〇年十二月二十二日
八十一葉　修験道　二〇二一年十一月十七日
八十二葉　委任　二〇二二年一月十二日
八十三葉　小さな幸せ　二〇二二年十一月二日
八十四葉　陶酔　二〇二三年一月十一日
八十五葉　光の音　二〇二三年二月二十二日
八十六葉　時の鏡　二〇二三年四月五日
八十七葉　夕日　二〇二〇年九月一日
八十八葉　空と海　二〇二〇年九月十五日
八十九葉　詩　二〇二一年三月二十三日
九十葉　散華　二〇二一年四月十三日
九十一葉　極意　二〇二一年五月四日
九十二葉　清流　二〇二一年六月二十九日
九十三葉　唄う　二〇二一年七月二十日
九十四葉　グルメ　二〇二一年十二月十五日
九十五葉　牡丹　二〇二二年五月十八日

九十六葉　神田川　二〇二二年六月十五日
九十七葉　感性　二〇二二年七月二十七日
九十八葉　アンニュイ　二〇二二年十月十九日
九十九葉　五平餅　二〇二二年十一月十六日
百葉　苔落とし　二〇二〇年九月二十九日
百一葉　天日干し　二〇二〇年十月十三日
百二葉　玉子かけごはん　二〇二〇年十月二十七日
百三葉　神の使い　二〇二〇年十一月二十四日
百四葉　父の夢　二〇二〇年十二月八日
百五葉　白い煙　二〇二〇年十二月十五日
百六葉　上書き　二〇二一年四月二十七日
百七葉　宇宙旅行　二〇二二年二月二十三日
百八葉　死守　二〇二二年十一月三十日

大澤秀行（おおさわ・ひでゆき）
1951年、埼玉県熊谷生まれ。出版社に勤める傍ら岩波講座『精神の科学』（岩波書店）全十巻を独学で読破し、31歳からカウンセリングの臨床に取り組む。41歳で「大澤精神科学研究所」を立ち上げる。フロイトの言う素人分析家の草分け的な民間精神療法を始め、そして分析家改め、世界初のインテグレーター（心の統合を補助する人）とした。2018年、法人化とし社名を「合同会社LAFAERO1」と改め、今日に至る。2022年精神分析家30年を迎え新たな歩みを始めた。
2003年に『心的遺伝子論』を、2008年に『運命は名前で決まる』を、2018年に『病気は心がつくる』を上梓。他数々の講座・講演集あり。

令和の徒然草── 精神分析家の murmur

2023年12月15日　初版第1刷印刷
2023年12月20日　初版第1刷発行

著者　大澤秀行
発行者　森下紀夫
発行所　論創社
東京都千代田区神田神保町2-23 北井ビル
tel. 03 (3264) 5254 fax. 03 (3264) 5232
web. http://www.ronso.co.jp/
振替口座　00160-1-155266
装幀　奥定泰之
組版　平澤智正
印刷・製本　中央精版印刷
ISBN978-4-8460-2335-5 ©2023 Printed in Japan

病気は心がつくる

大澤秀行著

日本の医療費は２０２２年度、46兆円を超えた。もし自らの力で健康を保つことができれば、医療費は10分の１になる――「多くの病気は心が作り出す」という信念のもと、ラカンの精神分析理論を軸に、さまざまな病気のメカニズムと原因について独自の分析を試みたエッセイ。

本体２５００円